白いしるし

ふたりでは、会わないようにしていた。

彼に初めて会ったのは、瀬田に連れて行ってもらった、彼の個展のオープニングパーティーだった。

瀬田は、女性誌やカルチャー誌で活躍している写真家だ。明朗なわけではないし、いつも不遜《ふそん》といっていい態度だが、話がとても面白く、信頼できる人間なので、誰でも友達になりたがる。そしてその輪が、いつの間にか広がっていく。

私自身、ある編集者に紹介されて彼に会ったのは覚えているのだが、いつ、どんな風に友人に、それも、ふたりで飲んだりメールのやりとりをするような友人になったのか、あまりはっきりと覚えていない。同郷、という環境が背中を押したのかもしれないし、同じ年齢ということも要因だったのかもしれない。

でも、とにかく瀬田は、気がつけば心の中に、するりと入ってきていた。その様子に微塵《みじん》も嫌らしさや不自然さがなく、だから瀬田に誘われると、私はいつも、屈託なく、会いに行くことができるのだった。

「夏目が好きそうな絵を描く。」

瀬田がそんな風に言って、フライヤーをくれたのが、五月の終わりのことだった。

そのフライヤーは、真っ白い地に、黒いゴシックで、『間島昭史　作品展』という文字と、隅のほうに小さく、ギャラリーの情報が書かれているだけのものだった。

「この人、絵描いてるんやろ。」

私が驚いて聞くと、瀬田は、そう、と答えた。瀬田が吸うキャスターの煙が、ふわ、と、空《くう》に溶けていった。

私たちがいつも行く阿佐ヶ谷《あさがや》の居酒屋は朝まで営業している。客席の間が離れているので居心地がいい。私は家にいるように寛《くつろ》ぎながら、まじまじと、そのフライヤーを見た。

「絵描く人やのに、フライヤーに絵まったく載ってへんのって、おかしない。」

「あ、ほんまやな。」

瀬田が呑気《のんき》にそんなことを言うから、私は笑ってしまった。

「でも、夏目、絶対好きやから。」

私も絵を描いている。

とはいえ、それだけでは食べていけない。週に五日ほど、新宿三丁目にあるバーでアルバイトをしながら、なんとか暮らしている。まさに細々とした生活というやつである。

瀬田と飲むのが阿佐ヶ谷なのは、瀬田が東中野に住んでいるから、三鷹《みたか》に住んでいる私との、なんとなく中間を取ってのことだった。瀬田の職業も時間が決まっていないし、私も夕方の出勤だから、大体飲むときは、深夜から、朝までになるのが普通だった。

「夏目の絵も俺好きやけど、こいつの絵も、ほんまに、ええねん。」

私が描いている絵を、瀬田は何故《なぜ》か好きでいてくれる。

いつも黒か白、シンプルで、でもセンスの良い服を着ている瀬田が、派手な色使いで、泥臭い私の油絵を、どうして好むのかは分からないが、友人に薦め、何枚か買わせてくれたことまであるのだ。もちろん嬉《うれ》しいのだが、なんとなく、面映《おもはゆ》いというか、どうして私の絵を、と、謙遜《けんそん》する気持ちのほうが先に立ってしまって、これではあかんな、と思う。

今年、三十二歳になった。

親からは、結婚しろという催促が五月蠅《うるさ》い。もうあんたの年齢やったら、訳有りの人くらいしか貰《もら》い手ないのんやからね、そう電話口で言う母は、公務員の妻だ。自分とあまりにもかけ離れた生活を送る娘のことを、愛してくれてはいるが、どうしても理解することは出来ないようである。

三十二歳、独身で恋人もおらず、アルバイトをしながら、金にならぬ絵を描いている。

確かに自分でも、この状況は相当、相当なんとちがうか、と焦《あせ》る気持ちはある。街を歩いていると、私と同じくらいの年齢の女の人が、けっこう大きな子供の手を引いているのをよく見るし、生命保険どころか、国民健康保険料を払うのさえ覚束《おぼつか》ない自分の懐《ふところ》を、ふふふ、泣き笑いの面持ちで眺めることもある。

でも幸か不幸か、私のアルバイト先には、私のような境遇の人が多く働いている。演劇をやっている三十七歳の萩原《はぎわら》さんという女の人もいれば、バンド活動をしている三十一歳の森田君もいる。常連客も、職業こそきちんとしているが、ふわふわした未婚ばかりだ。

焦ろう、焦らなければ、と思っても、どうにも尻《しり》に火がつかない。

地元の友人はほとんど結婚して子供もいるが、集まれば、過酷な育児、鬱陶《うっとう》しい姑《しゅうとめ》の愚痴、浮気を繰り返す夫への不満ばかり。アルバイト、という私の境遇には脅威を覚えているようだが、結局はこう言う。

「結婚してからのほうがしんどいこと多いで、あんたギリギリまで独身でおったらええねん。」

もう十分ギリギリちゃうのんか、と思うが、確かに彼女らの境遇を見ていたら、貧乏でも恋人がいなくても、自由に行動でき、それなりに出会いのある今の生活のほうが、私にとっては魅力的であるかもしれない、と思う。

「夏目は高校んときから変わってたからな。普通の結婚生活なんて、我慢できひんと思う。」

変わってた、と言う彼女らに、決然とは否定できない。私は、女子高の生徒、というキラキラしたレーベルの恩恵を受けることなく学生時代を過ごしたように思う。

大人しい生徒だった。学校行事や部活動に参加せず、休み時間などは小説を読んで過ごしていた。気取っていたわけではないし、次々に友人の輪を広げてゆくクラスメイトを蔑《さげす》むようなこともなかった。

そんな私が、ある日、真っ青の髪で登校した。比較的自由な校風の学校だったが、それでも皆、私を見て驚愕《きょうがく》したようだった。それはそうだろう。箸《はし》にも棒にも引っかからないような大人しい女子生徒が、目の覚めるような青い髪で、セーラー服を着ているのだから。

皆を驚かせたかっただとか、自分を誇示したかったわけではない。理由は簡単で、当時の恋人が美容師で、彼の好きなようにさせたのだ。七つ上の人だった。

ひとりで好きなバンドのライブに行ったとき、カットモデルをしてみないか、と声をかけられた。タダで髪を切ってもらえるなら、と思ったし、暗がりで見た彼は、とても大人に、それも格好いい大人に見えたのだ。私は彼に夢中になった。彼は青い髪をしていて、私の髪も同じ色に染めた。

親には泣かれ、先生にも呼び出された。何度も断っておくが、私は自身の誇示のためにそんなことをしたのではない。ただ、恋をしていたのだ。

結局髪の毛は黒く戻したが、同級生たちの、私を見る目が変わった。七つ上の美容師と付き合っている、ということも、彼女らの中の私の存在を特異なものにしたようだった。急激にたくさんの友人が出来たことに、私は面くらい、羞恥《しゅうち》さえ覚えたが、でも、放課後、彼に会うことだけを楽しみに日々を過ごす私を、友人たちはいろいろ構ってくれた。

パーマは禁止されていなかったので、それから私は色々なパーマヘアで登校し、いちいち皆に驚嘆された。だが、授業はきちんと受けたし、実質真面目《まじめ》な私に、先生や親も、それ以上は強く言えなかったようだ。

「見て！　あんたの頭、この白菜より大きいがな！」

一度母親に、台所でそう怒られたことはあるが、私はよく手伝いをしたし、門限を破ることもなかった。私は同世代の女の子が、隣の学校の誰かを好きだとはしゃいだり、初めて手をつないだ、とはにかむのと同じように、恋人のことが好きだった。

十八歳になったとき、左肩に彼と同じ刺青《いれずみ》を入れた。「せかいのはじまり」という意味の梵字《ぼんじ》だった。それを入れて数ヶ月後、彼は新しい「カットモデル」の元へ去った。私は七キロ痩《や》せ、入学したばかりの美術短大をやめた。母はまた泣いたが、げっそり痩せた体と、何も手につかない私の様子を見て、結局は応援してくれた。

東京に出てきたのは、十九歳のときだ。三キロを取り戻し、黒髪のストレートになった私は、千歳烏山《ちとせからすやま》の1Kのアパートに住んだ。大阪が嫌いだったわけではない。でも、とにかく青い髪の恋人を忘れよう、と思った。忘れるのに、結局二年かかった。肩に乗った「せかいのはじまり」を見るたび、私は泣いていた。

大阪は第二の都市だというが、そうは思わない。日本は、東京と、それ以外だ。渋谷に初めて降り立った地方の人間が、しつこいほどに言う感想がある。「祭かと思った」というあれだ。だが、私も同じ気持ちだった。

天神祭と一緒や。

大阪にだって人はたくさんいるが、渋谷と新宿の人通りは異常だ。たくさんの人にぶつかられながら、アテのない孤独に吐き気をもよおすほど不安になったが、新しい生活への期待が自然と、背中を押してくれた。

私は下北沢の中古CD屋でアルバイトをし、そこで出遭った人たちと、きちんと二十歳になるのを待って酒を飲んだ。楽しかった。アルバイト先は年上の人ばかりだった。三十歳の人もいて、そんな年までアルバイトが出来るのか、と驚いたが、はは、あの人の年齢を、今の私はふたつも超えている。

絵はずっと描いていた。酔っ払っていても、風邪を引いていても、筆を持っていると楽しかった。これを職業に、という強い思いはなくても、せめて、人に見てもらいたいと思った。

知り合った友人たちと、三人展を開いたのが始まりだった。ギャラリーではなく、下北沢にあるカフェだった。たまたまお茶を飲みにきていた雑誌の編集者に、声をかけてもらった。簡単な挿絵かと思っていたが、思いがけず大きなページだった。絵の勉強をしていないことに対して、申し訳ないような、恥ずかしいような気持ちになったが、彼女は私を褒めてくれた。もっと描くといいよ、と言ってくれた。そうだ、その編集者に、瀬田を紹介してもらったのだった。

それから、一度ある作家の本の装画を描いた。初めて自分の絵が表紙になった本を見たときの喜びを、今でも覚えている。本屋に立ち寄ると、その本だけ、ぴかぴかと、周囲から浮き上がって見えたし、どれだけ離れていても、その本の気配はすぐに分かった。

何より、これで母も喜んでくれる、と思ってほっとした。前途洋々、これから私の人生は始まるのだ、と思った。

だが、そううまくはいかなかった。

私の絵は個性が強すぎるようで、媒体を選んだ。勉強していないものだから、絵の幅もなく、仕事をもらうのも下手だった。アルバイトを続けていかなければ生活は出来なかったし、したくもない仕事を引き受けて絵を嫌いになるよりは、このままずっと、趣味と仕事の間で、ふわふわと絵と対峙《たいじ》していたかった。

結局私は、甘いのである。

母に誇れるような仕事を数えるほどしかせず、十九歳以来変わらぬ髪型で、私は今日も、瀬田と酒を飲んでいる。瀬田は売れっ子で、一度見せてもらった携帯電話のスケジュールは、びっしり埋められていた。ふらふらした私なんかとは、比べ物にならぬほど、「社会」にコミットしているのだ。

だが、瀬田は私のことを微塵も否定しないし、それがまた心地よく、些細《ささい》な悩みはアルコールと共に消えてしまう。

「六月十五日にオープニングパーティーがあるから、一緒に行こうや。」

携帯でシフトを見てみると、十五日はアルバイトが入っていた。そう伝えると、瀬田は残念そうに「ほんなら期間中、絵だけでも見に行くといい」と言った。

そのときは、本当に、それだけの話だった。

翌日出勤すると、森田君が、シフトを替わってくれないか、と言ってきた。恋人の誕生日を忘れていたとかで、その日にシフトを入れてしまったらしいのだ。

「すいません、その代わり夏目さんのシフト、一日代わりますので。」

別に出勤日が一日増えるくらい、どうってことない、そう思いながら、ふと、カバンの中に入れっぱなしになっているフライヤーの存在を、思い出した。

白い地に、『間島昭史』の文字。それが、何故か、頭に浮かんだ。

フライヤーに載っていない絵を、そして、そんなフライヤーを作る『間島昭史』を、見たくなった。

「ほな、十五日入ってくれへん?」

森田君に思わず、そう言った。森田君は、

「いいですよ! じゃあ、シフト交換ってことで!」

と、握手を求めてきた。

恋人の誕生日を忘れるな、と森田君をののしってから、私は、瀬田にメールを打った。

『15日空いたから、行く。』

その日は、大雨が降った。

風もあり、傘が全く役に立たなかった。瀬田と吉祥寺のギャラリーに着いたときには、ふたりとも、ほとんどずぶ濡《ぬ》れだった。私たちはお互いを見、指をさして笑い合った。

会ったことはないが、『間島昭史』はきっと、がっかりしているだろう、と思った。

ギャラリーは小さな一軒家だった。幅広の木の板を張り合わせた外壁に、大きな窓と、木枠で囲われたガラスの扉がついている。ガラスは古く、歪《ゆが》んでいて、中を覗《のぞ》くことは出来るが、はっきりと全容を見ることは出来ない。ガラス扉の上には、真鍮《しんちゅう》で作った『16』という数字が打ち付けられている。ギャラリーの名前なのだろう。瀬田が扉を開ける。腕に通った太い筋と、軋《きし》む音で、扉の重厚さが伝わる。

一階はカフェのようになっていた。テーブルや椅子《いす》が端に寄せられているが、そのどれも、古びた木で出来ていて、でも、ちっともみすぼらしくない。オーナーがこだわりのある人なのだろうということは、すぐに分かった。そして、とてもセンスのいい人なのだろうということも。

こんな豪雨なのに、人がたくさんいる。『間島昭史』は、人気者なのだ。そのうちの何人かに、瀬田は捕まっている。瀬田も、人気者なのだ。二階が展示室だと聞き、私はひとりで階段をあがった。

階段は、狭くて急だった。ギシ、ギシ、という音が懐《なつ》かしかった。壁に触ると、ぽろぽろと漆喰が剥《は》がれる。私は何かが始まるときのような、わくわくと落ち着かない気持ちになった。よし、よし、と、何故《なぜ》か小さく声に出し、熱心に階段を登った。二階に着き、淡い達成感に勇んで顔をあげると、そこには、私を祝福するように、真っ白な光があった。

いや、壁一面に、真っ白い大きな紙が貼《は》られていた。それが、白く輝いていたのだ。

「しろい。」

思わず、声に出した。

よく見ると、白い地に、白い絵の具が、すう、と引かれている。

紙の白と、ほとんど違わない絵の具で描かれた白は、辿《たど》っていくと、なだらかな弧を描いて上へ伸び、てっぺんのあたりで、きゅう、と、カーブしていた。

「あ。」

それは、山の稜線《りょうせん》だった。

「富士山。」

咄嗟《とっさ》に思った。これは、富士山の絵だ。

しばらく、その絵を見つめた。

ギャラリーの光を浴びているから輝いているのではない。目をこらさなければ見えなかった絵は、絵それ自体で、発光していたのだ。

それは、とても強い光だった。

私ははっきりと、この絵が好きだと思った。瀬田が言っていたことがわかった。

私は、この絵が好きだ。

久しぶりに、絵を見て、背中がぞわぞわとうずいた。それは、すごい絵を見た、嬉《うれ》しい、という気持ちと、こんな絵を描く人がいるのだ、という驚きと、そして多分に、甘い嫉妬《しっと》の感情が入っていた。絵の前から、私は動けなかった。

「夏目。」

そのとき、瀬田に声をかけられた。振り向いた私は、おかしな顔をしていたに違いない。

「こいつが、まじま。」

瀬田の隣に立っていたのが、彼だった。

絵を見ると、大抵、どんな人物が描いたのかを、知らず知らずのうちに想像してしまうものだ。私も、よく「想像通りだ」とか、「もっと派手な人なのかと思った」などと、言われる。色彩の上に色彩を塗り固めるようにする私の油絵は、確かに「地味」ではないし、繊細さも無い。自分の指についた絵の具を見て、世界中の色を集めたみたいだ、と、自嘲《じちょう》気味に思うこともある。

そんな絵を知っている瀬田が、『間島昭史』の絵を、私がきっと好きだ、と言ったのは、驚くべきことだった。私の絵とは、対極にあるような絵。

真っ白い富士山。

美しい稜線。

でも、私はこの絵が、本当に好きだった。

「はじめまして。まじまあきふみと申します。」

彼はそう言うと、頭を下げた。

久しぶりに、こんなに丁寧なお辞儀を見た。私も、慌《あわ》てて頭を下げたのだが、ぼうっとして、ちゃんと自己紹介をすることが、出来なかった。

彼は、極端に細い人だった。大きな富士山の絵を見た後だから、驚いた。もっと大きくて、無骨な感じのする人だと、思っていたのだ。

真っ黒い髪が、耳の下くらいまである。ゆるくカーブしたそれを、彼は、耳にかけようか、かけまいか、迷っているように見えた。実際に迷うような仕草をしたわけではないのにそう思ったのは、きっと、彼の目のせいだった。

アーモンドの形をしているとても大きな目は、黒目と白目の境が曖昧《あいまい》にぼやけ、少し、青みがかっている。はっとするほど綺麗《きれい》だったが、眩《まぶ》しい光に触れると壊れてしまいそうな、危うさがあった。

鼻が、信じられないくらい綺麗な線で伸びている。それははっきりとした意思としてこちらに訴えかけ、彼を達観した老人のように見せていた。でも、その下にある薄い上唇と、ぽってりとした下唇のアンバランスさが、彼を、幼く見せた。つまり彼は、まったく、年齢が不詳だった。私より、うんと若くも見えるし、うんと、年上にも見えた。

繊細な人なのだ、ということと、こういう人は、絶対に私みたいな人間を好きにならないだろうということを、直感で思った。

きっと彼は、思慮深く、警戒しながら、人と関係を築いていくのだろう。彼の風貌《ふうぼう》は、彼の真摯《しんし》さと奥ゆかしさを体現していた。私のように、出会い頭の勢いで、安易に心を開こうとしたり、愛想笑いをする人間を、彼は信用しないはずだ。そう思うと、出遭って数秒しか経《た》っていないのに、もう、寂しかった。

「夏目、どう思う？　この絵。」

瀬田が、嬉しそうに、聞いてきた。『間島昭史』は、瀬田を見て、口の端だけで笑った。無理をしているのかと思ったが、後で、それが彼の笑い方なのだと、知った。

「好き。すごい好きや。びっくりした。」

警戒されていることは分かっていても、感想は、素直に口から出た。止まらなかった。

「最初見えへんくて、でも、一度線を見つけたら、もう、それ以外見えへんくなって、ぱ、て、目の前に来て、なんか、光ってて。すごい、好きやわ。うち。」

『間島昭史』は、少し考えるような顔をした。そして、

「ありがとうございます。すごく、嬉しいです。」

と、確かめるように言った。敬語を崩さない彼の姿勢は、絶対に間違ってはいなかったが、突き放されたような気がして、やはり、寂しかった。

ギャラリーには、他の絵も数枚飾ってあった。どれも、富士山の絵と同じ、白い紙に、白い絵の具で描かれた絵だ。木や、馬や、海や、自然のモチーフが多いようだった。どれも周囲の音を奪う力があったが、ちらりと見た限り、あの富士山の絵ほどに、私の胸を打たなかった。

「夏目、好きやろ？」

ふたりになったとき、瀬田が、私にそう言ってきた。

私は相変わらず、富士山の絵の前に立って、興奮を、抑え切れていなかった。

今思うと、その興奮は、その絵に出遭えたことと、自分はきっと、『間島昭史』に恋をするだろう、という、予感からくるものであったのだ。

二年前、大きな恋を失ってから、恋愛をしていなかった。人に自分を委《ゆだ》ね、また深く傷ついて、相手に自分の醜い姿を晒《さら》すこと、それが何よりの恐怖だった。

私の人生は、失恋の歴史であった。

青い髪の人に始まり、カメラマン、ミュージシャン、劇団員。彼らは皆、容赦なく私の前から姿を消し、そしてすぐさま、新しい恋にいそしんだ。彼らの変わり身の早さに、いつも驚嘆した。私は、肉眼で捉《とら》えられないほどの速攻カウンターを受けた、老齢のボクサーのようだった。

そのダメージのたびに、私は体重を失い、動けなくなった。十代の頃のように、その土地から逃れることはしなかったが、魂が体から抜け、アフリカやヨーロッパや南極にまで、容易に飛んでいった。ずっと上の空、瞬《まばた》きの回数が減り、見る人が見れば完全に「あかん人」に、私は簡単になりさがった。

のめりこむのが悪いのだ、とか、もっと自分を持て、などと、友人は私に忠告したが、私は、やはり簡単に恋人にのめりこんだし、かといって、その世界から簡単には抜け出せなかった。

失恋の痛手が落ち着いてから、ひとりでいることが日常になると、生きることはこんなにたやすいものであったか、と、驚いた。誰かに自分の澱《おり》を投げつけることも、そしてその後に後悔で身悶《みもだ》えすることもない、苦しさとは無縁の生活があるのかと思った。

この二年は特にそうだった。私は、誰かにのめりこむことを、極端に恐れていた。恋愛を繰り返すと人間は強くなる、などと言うが、そうだろうか。むしろ脆《もろ》く、修復のきかないものになるのではないか。失恋した同胞を慰めることに、長《た》けてゆくだけなのだ。

十代の失恋と、三十代の失恋は、意味もあり方も違う。あのときの、青い髪の私を、今の私なら、簡単に泣きやませることが出来る。大笑いさせる自信すらある。彼女には未来がある。それが辛《つら》さや痛みを伴うものであっても、それでも彼女は、若いではないか。彼女の未来は、髪よりも青い。光っている、はずだ。

今の私は、どうだ。

毎日が楽しい、と言いつつ、結局私は怖い。何もない自分が怖いのだ。そのうえで誰かにのめりこむ勇気など、到底持てなかった。

でも、『間島昭史』を見たとき、からだの中が、内臓の、血液の、もっと奥にある何かが、発熱して、動き出す予感がしていた。あくまで、予感だったが、あかん、と思った。その感情は、そのときの私にとって、やはり辛い過去を呼び起こす、恐怖の種子だった。爆発の可能性を孕《はら》む、危ない危ないものだった。

私は話しかけてくれる瀬田に感謝をしながら、自分も、いつものように話そうと努めた。軽口を叩《たた》いて、すぐに笑う、いつもの私のやり方で話そうとした。

「すごい好きやわ、この絵！」

「夏目は、好きになると思った。」

「うん、好き。でも瀬田、よく私が、まじまさんの絵好きになるってわかったな。」

「なんで？」

「だって私の絵と、この絵、全然違うやん。」

「そうか。いや、似てるやろ。」

「似てる？」

「うん、似てる。」

どこが似ているのか、ということは、聞けなかった。私は、子供のように興奮していた。

体の底、自分では触れられない部分を、音を立ててすくっていったこの絵と、私の絵が似ているのだ。たったひとりの人間がそう思ってくれるだけで、自分をしっかり捕まえたような気持ちになった。

それがいけなかった。

私は、『間島昭史』を探し、見てしまった。無邪気な興奮のあまり、油断していたのだ。

彼は、知らない男に、あの、丁寧なお辞儀をしていた。

男は、また、という風に、手を振って歩き出したのだが、『間島昭史』は、その背中に、もう一度、お辞儀をした。その人が見ていたときより、深い、丁寧なお辞儀を。そして、ゆっくり顔を上げた彼は、自分の絵に向き直り、絵に触れた。そっと。遠くからでも分かった。それは、彼の細い身体《からだ》に似つかわしくない、がっしりとした指だった。白い絵の具が、ついた、指だった。

私は、その姿を見て、あ、と声をあげた。あかん。胸をつかれた。

なんてことのない、些細《ささい》な動作だった。

でも、私はその一連の動作を見て、彼が、自分にとってかけがえのない人間になるだろうと思った。分かった。

外へ出ると、相変わらず雨が降っていた。

少し小降りになっていたから、妙だった。そのときの私の気分では、あの、ざあざあと怒ったように降る雨のほうが、しっくりくるはずだ。心音が五月蠅《うるさ》い。首の後ろ、背中の後ろが、熱い。あかん、私は自分自身の何かと戦いながら、瀬田の影を追った。

今日は、来てくれて、ほんまに、ありがとうございました。

そう言って、頭を下げ、私たちを送り出した『間島昭史』は、きっと、私たちが階段の向こうに消えるまで、頭を下げているのだ。そう思うと、背中が、首の後ろが、きりきりと震えた。

「ほんまに、すごい絵やった。すごい。」

私は話し続けた。異様な興奮状態の、さなかにあった。

「あんな、大きくて、光ってて、なんやろう、ずっと見てたくなった。」

瀬田も、嬉しそうだった。

「絵も好きやろうけどな、夏目、まじま本人のことも、絶対好きになるで。」

「ほんま。」

瀬田は、私の気持ちなどにもちろん気付いていなかった。

「まあ、色々へたくそなところもあるんやけどな、信頼できる、ええ奴《やつ》。」

「ええ人なんは、分かる。信頼できる、すごい、人間らしい人なんやっていうことは、分かる。分かった。絵見ても思ったし、少し話して、それでも、思った。」

口をついて、止まらなかった。『間島昭史』のことを、瀬田と、もっと話したかった。

私たちは、何度か来たことのある居酒屋を見つけて、入ることにした。

お酒を飲んで、酔っ払ったら、もう瀬田に、『間島昭史』のことを好きだと、言ってしまいそうだ、と思った。なんだって笑ってくれる瀬田でも、さすがに、それは早い、と、呆《あき》れるだろう。私は、『間島昭史』の、何も、知らないのだ。

入る直前に、雨が強くなった。

「まじまの、」

そう言いながら、瀬田は、まだ屋根のあるところに来ていないのに、傘を畳んだ。だから、また、瀬田の髪や、服が濡《ぬ》れてしまった。

「恋人も、信頼できる人やねん。」

私は、傘を畳むのを忘れた。

青い傘を、大きく広げたまま、歩いて、そのまま、店の扉にぶつかった。私は、もう完璧《かんぺき》に「あかん人」になってしまった。瀬田は、そんな私を見て、わは、と笑った。


妻帯者や恋人がいる人に思いを寄せることが辛いことは、友人や、店に来る客の経験を聞いて、分かっているつもりだった。

皆、そういう関係を築いたのには、理由があった。

向こうが隠していて知らなかった、というものや、最初から相手がいるのは知っていたが、のめりこむ心配はないと思って、比較的軽い気持ちで関係を始めた、というもの。妻から、または恋人から、その相手を奪えるものと信じて、果敢に挑戦していったもの。

理由はそれぞれだが、皆に共通していたのが、結局は、そういう恋愛の渦中《かちゅう》にあることが辛くなり、そして、その頃には、その恋愛から離れることのほうが、より辛くなっている、ということだった。

彼女たちは皆、苦しんでいた。

深夜に泣きながら電話があったこともあるし、ボロボロに憔悴《しょうすい》しきった体で、私の働いているバーに来ることもあった。化粧が取れ、髪も梳《と》かしていない彼女らは、生きながらにして亡霊の様相をしていた。それでも、彼女らはまだ、私の言うことに笑顔を見せることが出来る部類だった。

ひとりの知り合いは、神経の彼岸までいっていた。

彼女は、彼が妻と別れるのを七年待ち続け、結局「別れられない」と言われた。理由は、妊娠している妻を、ほうっておけない、ということだった。それを聞いたとき、彼女は何故《なぜ》か、

「ほう！」

と叫んだそうだ。大きな裏切りに、感心するような気持ちであったのかもしれない。

彼女は、鬱《うつ》になった。何日も布団《ふとん》から出られないほどの、重度の鬱だ。会社も辞めた。瀬田も知っている編集者で、仕事に関して、とても優秀な人材だったそうだ。彼女は東京を離れた。今も、治療は続いているらしい。

別れた男は、今でも彼女の「ほう！」を思い出すだろうか。

しかし、私は、結局のところ、そんな友人たちの気持ちを、すべて分かっているわけではなかった。一言で言うと、そういう経験が、なかったからだ。それよりも、私には件《くだん》の、自分の恋人が自分を捨て、他の人間のもとへ走ってしまった経験ばかりがあった。

だから、心のどこかでは、友人たちのような人間のことを、苦しむのは当然、自業《じごう》自得《じとく》である、と、思っているようなところがあった。

三十のときだ。

彼とは三年半、共に暮らした。結婚も考えていたが、彼も私も収入が少なかったし、長年の生活を、あえて変える必要を感じない、と彼に言われ、愚かにも私はそれを信じた。私と彼は、結婚という国が決めた制度に捕らわれることなく、愛し合っているという理由だけで暮らして行くのだ、と。今思うと、片腹痛い。

彼は、小劇団の俳優をしていた。

彼に、新たに好きな女が出来た、ということは、分かっていた。元々帰る時間の定まらない職業だったし、私自身アルバイトの関係や、飲み会で朝方まで帰らないことはあったが、彼に好きな女が出来た、ということは、何故か、ピンときた。

恋愛している人間は、知らぬうちに、甘やかな空気を発している。分かる。仕事の影響か、それとも、そういう部分に、私が聡《さと》いのか。

私といるときは、以前と変わらないように見えたが、それでも、彼の首筋から、指先から、「恋愛の渦中にいる」人間の体温が、じわじわとにじみ出てきていた。

私たちは、一年ほど、性交をしていなかった。それでも、急に彼から、においたつ何かが発散され始めたことに、私は打ちのめされた。職業や、性欲の処理だけをする女では、彼をあんな風に変えることは出来ないだろうと思ったが、証拠がなかった。それはまったく、私の憶測でしかなかった。憶測でしかなかったが、絶対にそうだ、という確信だけがあった。だから、辛かった。毎日、日本酒を四合空け、二キロ太った。

小劇団とはいえ、固定のファンはいて、私は、別れる前の半年間を、彼の身辺を探ることに費やした。彼のファンのブログや、ネットの書き込みなどを見て、日々を過ごした。彼の携帯電話を、何度も見ようとした。

それは、人間としての、自分の主義に反することだった。自分が醜いことをしていることは分かっていたが、止《や》められなかった。

そして結局、私は携帯電話を見てしまった。

彼が送ったメール、彼に送られたメール。切実な思い、そして、始まったばかりの淡い愛情に溢《あふ》れた、やり取りだった。

携帯電話の画面を見ているときの私は、さぞかし不細工であったろう。人間の尊厳を簡単に捨ててしまった、中年の小鬼のような顔だったに違いない。でも私は、彼のことが好きだった。本当に本当に、好きだったのだ。

彼に携帯電話を見たことを告げるのは、そして、それを聞いた彼の顔を見るのは地獄だった。悪いのは彼だと思うことが出来れば楽なのに、自分が、途方もなく醜いもの、嫉妬《しっと》の怪物になってしまったような気がした。形勢は、圧倒的に不利だった。

携帯を見た、と言ったときの、彼の顔を、私は一生忘れない。

私は、ありったけの罵詈《ばり》雑言《ぞうごん》を彼に投げかけ、実際に物を投げ、泣き叫んだ。少しでもレコードのボリュームをあげると、どん、どん、と壁を叩いてくる隣人がいたが、その日は私の気迫に押されたのか、しんと静まり返っていた。実際、壁を叩くどん、という音がひとつでも聞こえたら、私は壁そのものを破壊しかねなかった。

阿呆《あほ》ボケ死ね孫の代まで祟《たた》ったるど。

数々の幼稚な罵詈雑言、思えばそれは、醜い怪物である自分への憎悪《ぞうお》でも、あったのだ。

そういう境地には、二度と近づきたくなかった。次に恋人を得るなら、穏やかな、凪《なぎ》の海みたいな恋愛をしたいと思っていた。

『間島昭史』には、会うまい。

私は、そう自分に言い聞かせて、日々を過ごした。あの人に会うのは危険である。だから、ある日、瀬田から、『間島昭史』と飲むが来ないか、というメールが届いたときは、面積の広い何かで、がん、と、頭を殴られるような気がした。

最初に思ったのは、「見たい」ということだった。『間島昭史』を、もう一度見たかった。会いたい、のとも、少し違った。彼の髪を、目を、お辞儀を、もう一度見たい、と、強く思った。あのときの感動から、私は逃れられないでいたのだ。

そしてすぐに、やっぱりあかん、と思った。『間島昭史』に会うと、この思いは、きっと止められないだろう、そう確信していた。

『私が行っていいのか。まじまは、瀬田と、ふたりで会いたいのでは。』

心のどこかで、瀬田に「ああそうか、ほんならまた」などといなしてもらって、彼に会うチャンスをなくしてしまえば、と思っていた。でも、実際そうなったらなったで、お門違いに瀬田のことを恨むことになるだろう、とも、思った。

瀬田からは、

『間島に夏目を誘っていいかとメールしたら、是非会いたい、と、返事がきた。』

と、返ってきた。私は不覚にも、有頂天になった。

見たい、が、会いたい、に変わった瞬間だった。

興奮のあまり、自分がメールで「まじま」、と呼び捨てにしてしまっていることに、そのとき気付いた。

友人たちが「地獄」に立ち入ったのは、それぞれの理由がある、と言った。でも、それはきっと、後から、はじめて分かるものなのだ。

軽い気持ちだった、知らなかった、奪えると思った。

そんな理由は、後々分かることで、でも、始めは、きっと純粋に、「会いたい」、そう思っただけなのだ。そのときの、私のように。

会いたい。そのシンプルな欲求に抗《あらが》うことが出来る人は、世界にどれほどいるのか。

私は瀬田に、

『行く。』

と、メールを送った。

場所は、私と瀬田がいつも飲んでいる、阿佐ヶ谷の居酒屋だった。

店に入ると、すぐに瀬田に声をかけられた。緊張で、背中が痛かった。声がするほうを見ると、いつも私たちが飲んでいる席に、瀬田がひとりで座っている。ほっとした。

「夏目。」

「誘ってくれてありがとう。」

席について、瀬田にそう言った。瀬田は、

「何言うてんの、きっしょ。夏目とまじま、絶対気が合うと思ったからやん。」

と言った。

「そう？」

「うん。まじまも夏目とゆっくり話したい、て言うとった。」

「そうなんや。なんで。」

「まじまも夏目の絵を見たことあるんやって。昔おまえ、詩人の女と二人展やったことあったやろ。あれを見て、夏目の絵、好きやと思ったらしいぞ。」

「そうなん。そうなんや。」

　三年ほど前に、峰岸《みねぎし》せりな、という若い詩人と、二人展をやった。峰岸せりなが、私の絵を美術雑誌で見て、ぜひ一緒に、と言ってくれたのだ。著名な人だったし、とても嬉《うれ》しかったが、自分の絵に言葉が載るのは、喉《のど》を引っかくような違和感があった。

「あれ、見てくれてたんや。」

「そうなんやって。それ知ったのも、最近やからな。あいつと俺、もう七年くらいの付き合いになるけど。まじま、あんまり話すほうやないから。でも、自分の個展に夏目が来てくれたの、嬉しかったたって言うてたで。あの絵の人や、と思った、て、言ってた。」

「そうなん。」

「そんときに言えやって感じやろ。せっかく夏目に会えたんやし。」

「そうやな、そうなん。そうなんや。」

　私は、まるっきり阿呆のような返事しか出来なかった。あんな絵を描く人が、私に会う前に、私の絵を見ていた、しかも、好きだと思っていてくれた。そのことが、信じられなかった。

いらっしゃいませ、という店員の声がするたび、私は体を固くした。ここの店員は、普通の居酒屋と違い、あまり大きな声を出したりしない。何度も行く私たちを、絶対に覚えているだろうが、いつも初見の客が来たように扱う。そういう品のようなものを、私も瀬田も好ましく思っていた。

大阪の人間であるのに、大阪のノリ、のようなものを気恥ずかしく思うという部分で、私たちは共通していた。大阪出身ですか、などとガツガツくる店員って、ちょっとしんどいよな、と、「そういう」店に行くたび、私と瀬田は恥ずかしがったものだ。だが、今日は、店員の所作がいちいち私を煩《わずら》わせた。店員同士が話をしていると、なぜか私のことを噂《うわさ》しているような気がし、いらっしゃいませ、というその声も、いつもより大きく、高圧的な気がした。

瀬田は、『間島昭史』のことを話した。

「ほんま変わってるっていうか。好き嫌いがはっきりしてるねん。ちょっとでも何か悪意や狡《ずる》いのを感じると、許せへんみたいで。絵とか写真一緒に見に行っても、何も言わんし、不機嫌で。だから、人の絵を好きや、て言うの、珍しいんやで。夏目の絵は嘘《うそ》がないから好きや、て言ってた。まあ、もうすぐ来るんやし、本人に聞けばええやろうけど。」

屈託のない瀬田の言葉が、いちいち胸をついた。会う前からこんなでは、『間島昭史』が来たら、私はどうなってしまうのだろう、と思った。

「まじまさんは？」

「うん、ちょっとアトリエ寄ってるらしくて、もうすぐ向かう、て連絡あった。」

「アトリエ？　個人の？」

「いや、共同で借りてるらしい。先輩やったか、後輩やったか。」

「へえ。」

私たちは、いつものように、ビールを飲み続けた。本当に、いつも通りだった。でも、私の心臓は、ずっと五月蠅《うるさ》かった。うわの空で返事をする私を、瀬田は、どう思っただろうか。のちのち瀬田は、このときの私のことを、

「風邪でも引いたんかと思った。ぼうっとして、赤くなっとったから。」

と言った。

「こんばんは。遅くなりました。」

『間島昭史』は、急に、私の隣に立っていた。

こんばんは、咄嗟《とっさ》に言い返して、『間島昭史』を見た。

提灯《ちょうちん》を持った侍。

そう思った。自分でも驚いた。改めて彼を見ると、彼は黒い服を着ていた。上から下まで、履いているビーチサンダルから、すべてが、真っ黒だった。やはり大きな瞳《ひとみ》も。夜から落ちてきたみたいだった。髪の毛を縛り、左手に透明な水晶のようなものを持っていて、それがぼうっと光っている。それがさきほどの印象を私に与えたのだ。提灯を持った侍。

「おお、まじま、座って。」

『間島昭史』は、どちらに座ろうか、一瞬迷った顔をして、私の隣に座った。瀬田の隣に、瀬田の大きなカメラバッグが置いてあるからだということは分かっていたが、それだけで、私の背筋が、きゅう、と甘えた音を立てた。

「それ何ですか。」

思わずそう言うと、『間島昭史』は、

「これですか、拾いました。」

と言って、私に水晶を渡した。占い師が使うような水晶で、つるりとして傷もなく、ぴかぴかと光っている。こんなものをどこで拾うのか、と彼を見たが、おしぼりで熱心に、耳ばかりを拭《ふ》いていた。

「まじまは、酒飲まへんねん。」

瀬田がそう言うと、『間島昭史』は、

「いや、最近、飲むよ。」

と笑って、なのに、コーラを頼んだ。

「飲み物も黒なんや。」

私がそう言うと、『間島昭史』は、初めて私を、はっきり見た。一瞬、私が言っている意味が分からないのだろう、と思ったが、すぐに、ああ、と言って、笑った。

「そうですね。暗いんです。」

「暗い?」

私も、思わず笑った。瀬田は、少し遅れて、「ああ、服も、ぜんぶ」と言った。

予想通りではあったが、『間島昭史』は、変な人だった。

料理にも、コーラにも手をつけないで、じっと黙っているかと思えば、口に食べ物をぎゅうぎゅうに詰めたまま、急な早口で話したりした。その話も、聞いた途端に大笑いをしてしまうようなものもあれば、難解すぎて、いつまでたっても分からないものもあった。意味を知りたがった私が、どういう意味か問うと、

「意味? いや、ちょっと、分からないです。」

と、返す。その、申し訳なさそうな言い方が面白くて、私はまた笑った。その度に、

彼は左手の水晶を、テーブルの上でころころと転がし、水晶は店の光を反射して光った。あまりに何度もそうするので、瀬田がとうとう、

「ちょ、眩《まぶ》しい、やめろ。」

と怒り、『間島昭史』は残念そうに水晶を自分の隣、つまり私と彼の間に置いた。改めて、こんなもん、どこで拾ったんや、と思った。

彼は話をするとき、自分が言った言葉を、もう一度頭の中で反芻《はんすう》するような表情をしていた。首を傾《かし》げたり、「ちがうかな」と呟《つぶや》いたり、一つの言葉に対して、相当の時間を費やすのだ。言いたいことがたくさんあるのに、それにぴたりとくる言葉が、見つからない、といった様子だった。

職業柄、絵を描く人間や、音楽を扱う人間に会うことが多いが、それは、そういう人間によくある特徴だった。自分のもやもやとした、でも確実にある「思い」を、ぴたりと言い当てる「言葉」を考えつかない。無理に言い表すと、そこに僅《わず》かでも齟齬《そご》がうまれるから、言葉を使うことを手放し、それを絵画や、音楽で表現するのだ、と、皆は言った。

私には、正直、その感覚は分からなかった。

絵画は自分の感情や伝えたいことを補塡《ほてん》するものではなくて、そもそも、何かを伝

えるようなものでもないと、思っていた。絵画は、絵画だ。絵を描きたい。その素朴な欲求、行為、それだけを私は信じたい。それを見て分かってもらいたいことはないのだ。一方的な感情かもしれないが、表現の始まりが一方的なのは、当然だと思う。でも、そんなことを、誰かに言ったことはなかった。瀬田にさえも。そのこと、その感情をぴたりと説明する「言葉」自体を、私が持たないことが歯がゆかったが、でも、やはり、ではそれを絵画で表現し、分かってもらおうという思いは、どうしても浮かばなかった。

真っ白。紙。それに対峙《たいじ》すると、それだけだ、と思う。色を手にする。それだけ。何かを邪魔に思う。何かが分からない。でも、邪魔すんなよ、と、びくびくしながら、筆を落とすときがある。どうかひとりにしてくれ。どうかどうかどうか。ほとんど泣きそうになりながら、私は一枚の絵画をしあげる。

峰岸せりなの文字に、はっきりとした違和感を感じたのは、かえって清々《すがすが》しかった。悪意のない敵を見つけた気分だった。

でも結局、そのことを峰岸せりなに言えるはずもなかったし、褒めてくれた皆に、自分の感情を伝えることも出来なかった。「感情」とは別のところに、私の絵画はあった。

そして、峰岸せりなの詩は素晴らしかった。それが、悲しかった。

私は意味もなく笑った。みんなに「絵を見てもらえるだけで嬉しい」と頭を下げ、峰岸せりなに大げさに礼を言った。あのときは、自分自身の狡猾《こうかつ》と卑屈を、心から、恥じた。

話をする『間島昭史』は、自分の言葉を振り返り、振り返り、言葉で表現できることは、絶対に言葉で表そうと、身構えているようなところがあった。話すことに関して、小さな決意をしていた。私が、それはこういう意味なん、と問うと、考え、考えて、諦《あきら》めて何かに似通った言葉を捜すのではなく、「分からない」という言葉で、責任を取った。

真摯《しんし》な人なのだ、と、改めて思った。

同時に、そんなことでは、生きづらいだろう、とも思った。

彼は、私みたいに、追従《ついしょう》笑いをしたり、思ってもみないことが口をついて出るようなことは、無いだろう。彼はきっと、とことんまで、今向き合っているものを、突き詰めていく人だ。それが、たとえ人に理解されなくても、安易な道を、彼は選ばないだろう。

私は、酔いを感じながらも、『間島昭史』に対峙していると、緊張した。それは、好意をもっている人間に対する緊張とは、また違った。人間として、自分の狡猾さや、卑小なところを見抜かれまい、とする、防御のようなものだった。

彼は、瀬田に、だいぶ心を許しているみたいだった。たびたび軽口を叩《たた》いたが、私には、頑《かたく》なに丁寧な言葉で接した。私の絵を好きと言ったことや、私に会いたがっていたということが、信じられなかった。気を使った瀬田がついた嘘なのではないか、とさえ思った。

それがますます、私の防御の姿勢を強いものにした。私は、酔ったらあかん、あかんぞ、と思いながら、それでも、飲んでしまった。

「僕、夏目さんの絵が好きです。」

『間島昭史』が急にそう言って、こちらを見たとき、私はすでに数杯のビールをあけていたが、彼は、コーラを半分も飲んでいなかった。彼の髪みたいな、服みたいな、真っ黒のコーラは、くっきりとした陰影を描いて、テーブルの上にあった。とても静かな光景だった。

「瀬田には言うたけど、僕、夏目さんの絵を、だいぶ前に見てて。好きやと思いました。僕なんかにそんなん言われても、嬉しくないかもしれませんけど。」

不覚にも、私は、泣き出しそうになった。

「詩人の人とやってたでしょう。夏目さん、怒ってて。ああ、正直な人やなぁと思った。」

「え。」

私は、『間島昭史』の目を、まっすぐに見返した。

「怒ってたって、私が怒ってたの、分かったん。」

「めちゃくちゃわかりやすかったです。夏目さん笑ってたし、お礼言うてはったけど、下手くそでした。無理してるのが分かったし、文字見てるときの顔とか、もう、親の敵《かたき》見てるみたいで。」

「そうなんや。恥ずかしい。」

「恥ずかしいことなんてないですよ。あの詩もよかった、すごく。でも、夏目さんが怒ってて、たぶんあの詩人の人も怒ってました。絵と言葉が完全に喧嘩《けんか》してて、それが面白かったんです。」

「ほんまに？」

「はい。あの二人展は、成功やったと思います。」

「ほんまに。そんなん、思ったことなかった。私はもっと、峰岸さんの詩と私の絵が、お互い響きあうような、うまく言われへんけど、そういうことをせんとあかんのかと。」

　響きあう、などと安易な言葉を使うのが、恥ずかしかった。もっと他に、それをはっきりと表せる言葉があるはずなのに。

「いや、あの、喧嘩がよかったんです。お互い邪魔や邪魔や、て、はっきり思いあってるから、それがよかった。」

「そんな風に言われたん、初めてや。」

　突然、もうビールは飲めない、と思った。胸がいっぱいだった。馬鹿《ばか》みたいに飲み続けたさきほどまでの自分を、深く呪《のろ》った。

「俺も、そんな風には見んかったな。夏目も怒ってるなんて知らんかったし。」

　瀬田が、煙草《たばこ》の煙をすう、と吐き出した。淡い紫色の煙はふわふわとしていて、だが、陰影があって、まるでそのときの、私達のようだった。水晶を見ると、歪《ゆが》んだ自分と目が合った。

「まじまさんの絵、私も、すごい好き。」

　私は、本当に本当に、彼の絵が好きだった。背中がざわざわしたこと、絵の前から動けなかったこと、そのどれも、言葉では結局表せないほど切実な体験だったことを、彼にわかってほしかった。

私は言葉を尽くすかわり、彼をじっと見た。『間島昭史』は、「いつまでも待つ」というような表情をしていた。自分が納得するまで、私が納得するまで、何時間でも何日でも話を聞いてくれる顔をしていた。

その顔を見ていると、『間島昭史』が、白い、大きな紙に向かっている姿が浮かんだ。

今、目の前にいる彼よりも、そのイメージのほうが鮮明だった。

そして、何故《なぜ》か、彼は、富士山を見たことが無いだろう、と、私は思っていた。

「私も、ほんまに好き。」

結局私は、それしか言えなかった。でも、私が持っている最大限の思いを、その言葉にこめた。届け、届け、と、思っていたが、途中から、それさえも思わなくなった。

「ありがとうございます。とても、嬉《うれ》しいです。」

店員が、いらっしゃいませ、と言った。その声は、いつも通り、静かで、遠慮がちな声だった。『間島昭史』の目は、ぼんやりと青い。それは迷っていて、でも決意していて、やはり、とても綺麗《きれい》だった。

あれだけ慈《いつく》しんでいたのに、店を出るとき、『間島昭史』は、笑いながら水晶を椅《い》子《す》に残したままにした。

ふたりでは、会わないようにしようと思っていた。

でも、結局私は早々に、『間島昭史』とふたりで会ってしまった。というより、会いに行ったのだ。

個展の最終日、私は、森田君にお願いをして、また、シフトを替わってもらった。森田君に、デートですか、とからかわれたが、笑えなかった。二度、『間島昭史』に会っただけなのに、私は思いつめていた。

私はそのとき、自分のからだの真実を、それが望むことを、心から信じていた。揺らがなかった。簡単にいえば、『間島昭史』に会ったことは運命なのだと、素直に、疑うことなく思っていたのだ。

過去の恋愛を振り返ると、衝動的な行動に出たことばかりだったが、「運命」などという言葉が、こんなに簡単に、ひらりと眼前に現れた経験はなかった。あかん、あかん、と、小鬼が私の脳みそを散々叩いたが、結局は野性に勝てなかった。これは運命だ。

『16』には、外から見るだけでも、人が五、六人いた。

最終日、平日の夕方にも、これだけ人がいるということを目の当《ま》たりにして、改めて『間島昭史』は人気者なのだ、と思った。だが、皆が彼に惹《ひ》かれるのは、当たり前のことだ。

律儀《りちぎ》で、とても細くて、言葉をおろそかにしない人。黒い人。

きっと彼は、小さな頃から、人の目を惹きつけて、やまなかっただろう。私は、この瞬間を忘れないようにするため、大きく息を吸った。決意だった。

でも、扉に手をかけたとき、初めて、はっとした。

『間島昭史』の「恋人」がいるのではないか。

失念していた。すっかり。

ここまでのこのこやって来たが、そもそも私は『間島昭史』に会って、何をするつもりなのだろう。彼に、

「こんにちは、この人が、僕の恋人です。」

そう言われたら、私は、笑顔でその人に挨拶《あいさつ》を、するのだろうか。いや、出来ないだろう。出来たとしても、絶対に「下手くそ」だ。親の敵を見るみたいな顔をするのだ。

私は、扉の前で立ちつくした。

ここからでは、二階のギャラリーは見えない。『間島昭史』が、自分の絵の前で、「恋人」と立っていたら、と思うと、はっきりと、眩暈《めまい》がした。

私は、踵《きびす》を返して、歩き出した。

さきほどまでの高揚を、恥ずかしく思った。運命、だなどと、私は、本当に阿呆《あほう》だ。『間島昭史』は、私の絵を好きだ、と言っただけではないか。この年になって、初恋みたいに浮かれ、また肩に刺青《いれずみ》でも彫るつもりか。二年間のブランクは、なんと恐ろしい。使っていなかった細胞を久しぶりに動かすと、思いがけずバグるものなのだ。

私は自戒の念に駆られながら、早足で歩いた。羞恥《しゅうち》で、顔をあげることが出来なかった。

「夏目さん。」

そのとき、声をかけられた。顔をあげなくても分かった。

すがるように目をやると、『間島昭史』が、煙草を手にして、立っていた。

「中で、吸われへんのです。」

言い訳をするみたいに、そう言った。

「あの、また、絵を見たいと思って。」

私がそう言うと、

「嬉しいです。」

と言った。そんな風に言っておいて、早足で帰ろうとしていた私に、彼は、何も理由を聞かなかった。バグった細胞を修正しないまま、私は結局、吸い寄せられるように彼と肩を並べた。

目線が同じだった。彼がこの身長なのは正しい、と思った。あと一センチでも高かったら、彼の存在は人に圧を与えて仕方がないだろう。この目はどうだ。まっすぐ届く、大きな瞳孔《どうこう》は、律儀に結ばれた口は、どうだ。彼は、猫背で歩いた。それも絶対に正しい。彼は何かを隠さなくてはならない。彼の造形は、間違いなく『間島昭史』のものだった。

彼は歩きながら、煙草を吸うことをやめなかった。アメリカンスピリッツ。強い煙草だ。

「誰もいないんです。」

「え？　お客さん？　ようさんいてはったやん。」

「ああ、一階ですよね。あれは、オーナーの客です。」

「そうなんや。」

「僕、個展のこと、人に言うてないんです。」

「でも、オープニングパーティーも、人ようさん来てたやんか。」

「あれも、オーナーの客とか、瀬田が呼んでくれたり、あと、友達が広めてくれたりして。実際僕が言うたのん、二、三人です。」

「そうなんや。でも、それだけでこんなに人が来るって、すごい。」

「はあ、有難いです。」

やはり皆、『間島昭史』のことを好きなのだ、と思った。家族でもないのに、それが誇らしかった。

「あのフライヤーは？」

「あれ、は、オーナーが作れ、て。」

「それで、まじまさんが作ったん。」

「はい。」

「絵、載ってなかった。」

「はい。来たら分かると思って。」

「うん、来たら、分かった。」

「レンタル料金も無料にしてくれるし、フライヤー刷る金も無料やし、なんでここまでしてくれるんやろう。」

「オーナー、ええ人なんや。」

「ええ人すぎます。」

扉を開けると、四、五人の客が一斉にこちらを見た。女ばかりだ。身構えたが、彼女らより強い視線を感じて、カウンターを見た。

オーナーだろうか。四十歳くらいの、肉感のある、とても綺麗な女の人だった。このセンスの持ち主が女性であったことに納得をしながら、私は彼女をじっと見た。彼女は、『間島昭史』を見て笑い、続く私を見て、真面目《まじめ》な顔で頭を下げた。

そういうことか、と思った。使ったことのない「ははーん」という言葉が、口をついて出そうになった。それをぐっとこらえ、私は隣にいる彼を見た。彼は、耳を拭《ふ》いていたときと同じような表情をしていた。何もかもしてもらって、それでも無邪気にそれを善意と受け取る『間島昭史』を、私は少し憎く思った。

飽きず、胸をつかれる。この絵、この、富士山。

やはりそれは、発光していた。恐ろしいほど整然とした、山の稜線《りょうせん》。白。白。白。

床の湿った音や、オーナーの視線や、綺麗な女たちの存在を、私はあっという間に忘れてしまった。なんて美しく、健やかな絵なのだろうか。

「これが、一番好きやねん。」

私は興奮して、手を伸ばした。触れたかった。

そのとき、絵の下に、赤いシールが貼《は》ってあるのが見えた。

売れたのだ。

私は取り返しのつかないことをしてしまったような気持ちになった。買う、などという考えは、思いもつかなかった。私は、どこまで阿呆なのだ。自分の職業は何だ。タダの中年のバーテンか。自分も、絵を描いているのでは、なかったか。

私はこの絵を手に入れた人を憎らしく思い、強烈に嫉妬《しっと》した。まったくお門違いである。そいつのセンスをどこかで認めながらも、この絵を独り占めしやがる金持ちの豚野郎め、と、大声でののしりたい気分だった。

そして、もう見ることが出来ないだろう、この稜線を見ていると、指が疼《うず》いた。やはり、どうしても。私は、そのカーブに、触れたかった。触れたかった。

「触ってもええ。」

だめだ、と言われたら、ということは考えなかった。『間島昭史』は、少し笑って、はい、と言った。

触れると、絵の具の乾いた質感が、指を伝った。

目をつむってそれを辿《たど》ると、手首から二の腕までを、淡い鳥肌が滑った。それは、食べ物を嘔吐《おうと》するときの、僅《わず》かな快感に似ていた。私は思いがけず、泣きだしそうになった。指先だけで、世界を手に入れたような気分だった。

「夏目さん、この絵が一番好きなんやなくって、この絵しか、好きやないんでしょう？」

彼がそう言った。え、と、私が動揺していると、

「だって、最初に見に来てくれたとき、この絵以外、見てなかったやないですか。」

彼は笑った。

私が、この絵の前にしかいなかったこと、他の絵は、確かめるように目で追っただけだったことを、『間島昭史』が見ていたのだと思うと、声をあげそうになった。

「あのとき、夏目さんは、やっぱり正直な人なんやな、と思いました。」

「やっぱりって？」

「あの、絵を見ても思てたんですけど、正直な人や、て。嘘《うそ》つかれへんやろなって。」

「ごめん。」

「なんで謝るんですか。普通、おざなりにでも全部の絵は見るのに、あんとき、夏目さんほんまに、動かんかったから、笑った。嬉《うれ》しかった。」

「嬉しかった？」

「はい。嬉しかった。」

指を離すと、僅かに白の絵の具が、人差し指についた。私はまた泣きだしそうになりながら『間島昭史』に詫《わ》びた。彼は、しろい、と言って、笑った。

私は本当は、彼に触れたかった。

最終日だから、皆やオーナーに挨拶をしなければいけない、と、『間島昭史』は申し訳なさそうに私に言った。

律儀な彼のことだ、それは当然のことだと思ったし、彼が私と一緒にいようと思ってくれたことだけで、嬉しかった。なのに、強欲にも、終わったら、連絡してくれないか、と言ってしまった。口をついた、というよりは、滑ったという感じだった。後悔する間もなく、彼が、はい、と言ってくれなかったら、私は走って逃げていたかもしれない。

心音が五月蠅《うるさ》かったが、それを『間島昭史』に悟られまいと、私は普通の顔を作った。じゃあ、あとで、などと言って歩き出した私に、彼は、

「あの、連絡先、分からないです。」

と言った。私はまったく、精彩を欠いていた。三十二歳。やはりバグっていた。

私はまっすぐ、井の頭公園まで歩いた。

だが、ベンチに座って待つことも、出来なかった。結局、公園の中をぐるぐると歩きまわった。知らない木に触れたり、露《あらわ》になった土を蹴《け》ったり、背の高い草を切り取って、それを力任せに振り回したりした。時折、あああ、と声をあげ、それはいちゃいちゃしているカップルを驚かしたが、構わなかった。そして結局は、白い絵の具が僅かについた指を、いつまでも見た。まるで、彼に触れたみたいに、指だけがじんじんと熱かった。

『間島昭史』から連絡が来た頃には、月が出ていた。満月だった。

「もしもし。」

「こんばんは。まじまと申します。」

知っとるわ、と言いそうになったが、彼が真面目なのが分かったので、はい、と言った。

「夏目さん、どこにいますか。」

「公園に。」

「やはり。」

ほら運命、そう思いながら、月を見た。白くて丸い、悪意から、まるで遠い月だった。

「もう近くまで来てます。」

「分かるの。」

春には綺麗《きれい》なピンク色をしていた桜の木が、街灯に淡く照らされている。青々とした葉しか残っていないのに、それは十分、春の名残を体にたたえていた。時折風が吹いたが、私の頬が怒ったように震えたのに、枝は揺れなかった。少しも。

「こんばんは。」

『間島昭史』は、月明かりを背にして、歩いてきた。私は彼を、生まれて初めて見た生き物のように思った。

やはり、彼は「黒」だった。黒いTシャツ、黒いパンツ、黒い髪。そして今日は、左手に植物図鑑を持っていた。

「こんばんは。」

彼は、私の隣に座った。僅かなにおいがしたが、それがさきほど吹いていた風のものなのか、彼のものなのか、わからなかった。

「拾ったん。」

「これですか。これは、僕のです。」

彼は、すぐに煙草《たばこ》を取り出し、火をつけた。その仕草を見ただけで、私は恥ずかしくなった。彼とふたりでベンチに座っている事実が、信じられなかった。

「なんで、いっつも真っ黒なん。」

勇気を出して、私がそう聞くと、『間島昭史』は、ふう、と煙を吐き出して、自分の服を引っ張った。

「なんででしょうか。気がついたら、黒い服ばっかりです。」

「似合ってる。」

「ありがとうございます。夏目さんは、綺麗な色の服を着てますね。」

「ありがとう。」

「絵と同じですね。すごく綺麗です。」

絵のことだ、服のことだ、そう自分に言い聞かせながら、手持ち無沙汰《ぶさた》の自分を呪《のろ》った。煙草が吸えたらよかったと、そのときほど強く思ったことはなかった。絵に触れたのは、彼の許可を取ったことなのに、私の指を、彼は「しろい」と言ったのに、私は自分の手を隠した。恥ずかしくて、顔をあげることが出来なかった。年甲斐《がい》もなく、何を照れているのだ、と、自分を叱咤《しった》したかったが、どうしようもなかった。

『間島昭史』は、立て続けに煙草を吸った。周りに煙草を吸う人間はたくさんいるが、ここまで途切れなく吸う人間を、私は初めて見た。

「月、まんまるですね。」

私たちは、飲み物を買いに行こうともしなかったし、どこか、店に行こうともしなかった。私は相変わらず、彼とふたりでベンチに座っている事実を、奇跡みたいに思っていた。ちらりと彼の影を見て、狐《きつね》の形になっていないか確認したが、それはきちんと人間の、『間島昭史』の、形をしていた。

「出ーたー出ーたー月がー、ていう歌あるやん。」

羞恥《しゅうち》に耐えかね、私は、ふいにつまらないことを言った。あ、と後悔したが、彼は、急にそんな風に言った私に、驚いた様子は見せなかったし、むしろ優しく、話をうながした。

「はい、まあるい、まあるい、まんまるい、いうやつですよね？」

「そう。盆のようなー、月がー、いうのん。よう考えたら、なんちゅう歌詞や、見たまんまやんな。」

私は何を言っているのだ。気の利《き》いたことをいえない自分を呪った。だが、『間島昭史』は、優しかった。

「そうですね。なら、あれもそうやないですか。チューリップの歌。」

「ああ。赤白黄色、どの花見ても綺麗だな、て。」

「はい。童謡は、見たまんまが多いですよね。」

「そうやね。出た出た月が。丸い丸い真ん丸い、盆のような月が。」

私たちの上空には、本当に、お盆のような月がぽっかりと浮かんでいた。『間島昭史』は、その様を、じっと見ている。まつ毛が長い、と思った。そう考えるだけでも、自分がとても卑《いや》しい人間に思えた。だが、彼は美しかった。本当に。

「でも、見たまんま書くのって、結構勇気ですよね。」

彼は、思い出したようにそう言って、私を見た。ふいをつかれた。

「勇気って。」

「絵もそうやないですか。見たまんま、いらんフィルターなしで描くのんは、難しくないですか。」

「ああ、うん、難しい。自分の目だけで描きたいのに、どういう風に見られるか、ていう意識が入ってしまうってことやんな。」

「そうです。絶対に、自分の目だけで描こう思うんですけど、どっかにあるんでしょうね。人に見せるからには、必要なことなんですけど、でも、筆を下ろす瞬間だけでも、絶対に自分だけでおりたい。」

　彼は、自分に言い聞かすように話した。口の端で笑っていたが、真剣だった。

「そうやんな。そう。邪魔するな、て思う。誰にやねん、て感じやったけど、そうやわ、その、いらん目のことやわ、自意識のこと。」

「邪魔するな。うん、分かります。」

　私は、感動していた。眼前にひらひらと現れていた「運命」という意識が、今確固たるものに変わったという確信があった。そのときの私は、幼い子供よりも無邪気で、老人よりも、聡《さと》かった。

「夏目さんの絵は、そういう自意識から離れたところにあるから、僕は好きなんです。」

「うちの絵?」

「そうです。この人、どう見られるかとか、考えてないな、て。多分絵描いてるとき、楽しんではるやろうけど、怒ってるみたいな顔して描くんやろうな、て思う。素直なんです、絵が、すごく。」

「うち、怒ってるみたいな顔して描く。さっきも言うたけど、邪魔するな、邪魔するなって思うねん。」

「そうでしょうね。」

「なんで分かるん。」

「なんででしょうね。分かるんです。」

『間島昭史』は、ゆっくり煙を吐き出す。その仕草は、何かが始まるような予感に満ちている。

「うちは、間島さんの絵も、素直やと思う。」

「そうですか。」

「うん。うちは人の絵見ても、うまく感想を伝えられへんけど、でも、間島さんの絵を見てたら、感想とかそんなん置いてまうっていうか、ただただ圧倒される。いらん視線を受けつけへん絵やと思う。」

「そうですか。」

「うん。」

「嬉しいです。」

「ほんま。」

「僕は、ひとりで描くから。」

「ひとり？」

「はい。ひとりで描くんです。」

画家が作業をするときは、皆ひとりだ。だが、『間島昭史』の言う「ひとり」は、それとはまったく別次元のことだ。孤独とも違う。彼は徹底的に「ひとり」なのだ。世界とは別の場所に、彼の境地はあるのだろう。それが望んでいることなのかは分からないが、それでも彼は「ひとり」だ、絶対に。

その話がきっかけだったのだろうか、思い出せない。だが、私の羞恥は消え、あとは、堰《せき》を切ったように、話し続けた。詩のこと、絵の具のにおいのこと、拾ったもののこと。

そして、いつの間にか私たちは、昔からの友人のように、打ち解けていた。私は大声で笑い、気安く『間島昭史』の肩を叩《たた》き、『間島昭史』は、瀬田に見せるように道化《おどけ》てみせた。そして、煙草の煙をたくさん、たくさん呑《の》んだ。あんまり気安いものだから、自分が彼に恋をしていることなど、嘘《うそ》だったのではないか、と思いさえした。

でも、『間島昭史』がたまに見せる、髪をむすび直す仕草や、ふ、と、足元を見るときのまつ毛、を見ると、私は自分の髪をかきむしりたくなるような、あああ、と、大声で叫びだしたくなるような、甘い衝動に駆られた。

「アトリエ借りてるん。」

「はい。でも、ようさん共同で借りてて。僕のスペースなんて、ちょっとしかないんです。」

「そういえば、まじまさんは、年いくつなん。」

「二十六歳です。」

「へえ！」

「へえって、なんですか。」

「若い。」

あまりにも落ち着いた彼の趣は、二十代のそれからは、うんと遠かった。だが、道化た後笑う顔や、煙草を乱暴にもみ消す仕草、どこか厭世《えんせい》的で投げやりな影を見ると、とても若い少年のそれのように思えた。

ただ、『間島昭史』は、一緒にいればいるほど、年齢や、性別や、そういう当たり前のところから遠い人間のように思えた。そして、そういえば、私たちは数時間話し続けているが、好きな絵のことや、場所のことや、今目に見えるもののことを口にしてばかりで、生い立ちや、生活や、少しでも現実のにおいのすることを、話していない、と気付いた。

本当は、『間島昭史』に、聞きたいことばかりだった。

どんな生活をしているのか。どんな時間に何をしているのか。

でも、私は分かっていた。

意識をして、「そこ」に触れないようにしていたのだ。彼の生活のことを聞くと、それは自動的に「恋人」という世界に触れてしまうことになる。私は、それが怖かった。阿呆《あほう》でも、それくらいは、自制がきく。奇跡みたいなこの時間、今、ここにいる『間島昭史』は、「恋人」から乖離《かいり》した、この場所だけの『間島昭史』であってほしかった。

彼は、時々、思い出したように、

「夏目さんといると、楽しいです。」

と言った。その言葉が、どれほど私の心を捕えるか、彼は知らなかった。

月は白くて、丸くて、無邪気だ。それはやはり、悪意から、ずっと遠い。

帰ろうか、と立ち上がった時、彼は「植物図鑑」をベンチに放りっぱなしにしていた。そういうことをするのが好きなのか、と思って放っておいたが、公園を出たとき、彼は、

「あ！」

と大声をあげ、走って図鑑を取りに行った。私は一緒に走りながら笑い、彼に「好

きだ」と言うのを、必死でこらえた。

それからも、私と『間島昭史』は、たびたび会った。

仕事が終わって、私が電話をかけると、『間島昭史』は必ず電話に出てくれた。彼から電話がかかってくることはなかったが、夜中に、必ず電話に出てくれる彼に、「恋人」の影は無いように思えた。

私は、瀬田が言った「恋人」なんて、本当はいないのではないか、などと、希望的な考えを持ち始めた。でも、思ったそばから、そんなはずはない、と自分を戒め、自暴自棄になり、でも結局は会いたい思いに抗《あらが》えず、また電話を手にした。

彼とは、大概、夜中に会って、公園で話をした。井の頭公園がほとんどだったが、ときには、私の家の近くの公園で話すこともあった。自分の家の近くなのに、知らない公園がたくさんあった。そして、そんな公園を、驚くほど熟知していたり、簡単に探し当てる彼を、私は頼もしく思った。

蚊に食われるのが嫌だ、と言って、彼はどこかから蚊取り線香を持ってきたりしたが、それが拾ったものなのか、彼のものなのか分からなかった。私達がどこかの店に入ることは、決してなかった。私は缶コーヒーを買い、彼はコーラを買って、いつまでもいつまでも話した。

「まじまさんは、すごい煙草《たばこ》吸う。」

「はい。一日三箱くらいいくときあります。」

「チェーンスモーカーや。」

「体に悪いんとか、普通に分かるんですけど、誰に言われるわけでもないのに、関係あるか、て、むかつきながら吸ってます。」

「むかついてるん。」

「はい。」

「美味《おい》しいって、思ってないん。」

「美味しい、とか、超えてます。なんか安心するんです。」

「煙草吸う人って、そう言うよな。なんか安心するって。手持ち無沙汰《ぶさた》のときとか、私も吸いたいと思う。」

「僕、手持ち無沙汰というより、煙草吸うてたら、あいつは『煙草吸う人間』って認識されるやないですか。それが安心なんです。」

「どういう意味。」

「僕が何も吸わんと、普通に歩いてたり、こうやって座ってたら、何やねんあいつ、てなるでしょう。でも、煙草吸うてると、あいつは煙草を吸っている人間、て思てもらえる。」

「何それ。意味わからん。」

「僕、何にも属してないから。あやしいでしょう。」

「怪しいって何よ。それに、煙草吸うてる人間、て認識されたところで、怪しさは変わらんのやないん。」

「そうですかね。何もしてへんより、煙草吸うてる人間、ていうジャンルのほうが。」

「ジャンルて何。」

「はあ、ちょっと、分からないです。」

「何それ。」

「僕ね、あきふみ、て、いう名前なんですけど。」

「知ってるよ。」

「この、最後の史の、す、と右に流す一画が好きで。」

「好きって?」

「僕の名前、直線ばっかりなんですよ。間、島、昭、史」

「ほんまや。」

「名前書くと、カクカクして。なんか、風情《ふぜい》ないというか、余裕が無いのが嫌やなぁ、て思ってて。でも、この最後のすぅて流れる一画が、それを相殺《そうさい》してくれる気がするんです。」

「そうさい？」

「そうです。なんていうか、好きっていうより、だから、感謝してるんです。その一画に。」

「自分の名前の漢字に、感謝してるん。」

「いや、漢字全部やなくて、その、一画だけに、ありがとう。」

「何それ。」

「夏目さんは、もう、最初の夏からすう、て流れてる三画があるやないですか。香織、も、すう、て流れてるやないですか。うらやましいです。」

「何言うてるん。昭いう字にも、すうって流れてる一画あるやん。」

「いや、でもあれは、短いから。史のほうが、潔《いさぎよ》いでしょう。貫いてるでしょう。」

「わからんわ。」

「あ、でも、夏目さんって、名前に全部、日か目が入ってますね。夏目香織。くろい。」

「黒い。」

「うん、なんかぱっと見、黒いですよね。素敵な名前ですけど、僕みたいや。ほら、四角い、ぎゅうぎゅうした漢字ばっかり。だから、すう、て流れる画がようさんあるんでしょうね。黒いのを、逃がすために。」

「黒いのを逃がす。」

「はい。」

「何言うてんのん。」

「はあ。」

「初めて居酒屋で会ったとき、まじまさん、滅茶苦茶《めちゃくちゃ》耳拭《ふ》いてたよね。」

「え。」

「ほら、阿佐ヶ谷の居酒屋で。」

「居酒屋でお会いしたのは覚えてます。でも、耳は。」

「拭いてたやん、おしぼりで、滅茶苦茶丁寧に。」

「いや、拭いてないです。」

「拭いてたって。」

「拭いてないです。僕、今までおしぼりで耳拭いたことなんて、一度もないですよ。」

「嘘や！　嘘や！」

「夏目さん、困りますよ。」

「拭いてたやんか。」

「拭いてないです。」


やっぱり『間島昭史』は、おかしな人だった。私は、彼をからかい、笑いすぎて、よくむせた。大笑いのあまり、過呼吸のような症状になることさえあって、そのたび彼は、冗談めかした真剣な顔で、

「困りますよ、夏目さん。」

そう言った。その表情がおかしくて、私はまた笑った。

『間島昭史』も、時々、私の言うことや、することに、声をあげて笑うことがあった。彼の笑い顔を見ると、唇が、甘い水に触れたときのような、くすぐったい気分になった。

自分の体の細胞が、その、甘い水で満たされていく、日々だった。

彼は、社会生活、というものから遠い人だった。浮世離れした、という言葉が、これほど似合う人に、私は出遭ったことがなかった。

彼は、年齢に似合わない諦観《ていかん》のようなものを持っている気がした。それはほとんど老人のようだった。そして、物事の何もかもにおいて、自分を最も底辺に据えてから、考え始めるようなところがあった。自分が微塵《みじん》も有用ではない人間であるということを根底において、生きていた。彼がどうして、自分をそこまで軽んじるのかは分からなかったが、だからこそ、彼は小さなことをとても喜んだ。綺麗《きれい》なものを見ると、それを慈《いつく》しみ、咀嚼《そしゃく》し、その感動に、飽きることがなかった。

例えば、彼は初めてそれを見たように、月を見た。そういうとき、彼はまったく子供のような表情を見せたが、そういうときの彼を見ていると、私は不安になることがあった。彼の恍惚《こうこつ》とした表情は、幼児を思わせたが、かと思えば、驚くほど聡明《そうめい》で凛々《りり》しい顔をすることがあって、それは、何かを強烈に憎んでいるようにも見えて、怖かった。

肌寒いと感じれば上着を着ればいい、ということも、彼は知らなかった。彼は、頻繁に夏風邪を引いていた。今日は歩きすぎた、と言って、血マメだらけの足を見せてくれることがあり、どれほど歩いたのだ、と聞くと、四時間くらい、と、ひょうひょうと答えた。

そんな彼に、私はいつまででも問い続けた。今何を考えているのか、今何を思っているのか。知りたいことだらけだった。私はこの、随分年下の、得たいの知れない男の子の、全《すべ》てを知りたかった。

一方で私は、彼がどうやって生計を立てているのか、一日三箱も吸う煙草の代金や、アトリエの家賃や、ここまで来るタクシー代や、何より自分の住んでいる家を、どうしているのかは、絶対に聞けなかった。

何度も、このまま「友人」でいられるほうが、幸せなのではないか、と思った。ここまで一緒にいられる人間、言わないことを分かってくれたり、思いがけない啓示をくれる人間に、会ったこともなかった。こうやって一生、友人として、彼が夜中の公園で話をしてくれるなら、どれほど心強いだろうか。

実際、彼に会ってから、私は今までにないペースで、絵を描くようになっていた。睡眠時間は格段に減ったが、平気だった。

白い絵の具を多用するようになったのは、確実に彼の影響だ。白い紙に唯一《ゆいいつ》ある白と、赤や青紫やオレンジの中にある白では、まったく趣は違ったが、筆を落とすとき、この、白、発光する、力強い色が、私と彼をつないでいるような気がして、勇気を得た。そして、ここ、と思った場所に、迷わず筆を置いた。その筆は、動きたいように動いた。

私は彼に会って、自由になった。

今までにない充実した時間を、彼が与えてくれているのなら、そのかけがえのない人物を、大切に「取って」おいた方がいいのではないか。

だからこそ、彼に触れるとき、彼の頭を、肩を叩《たた》くとき、自分の感情をもてあました。もっと触れたい、と思う自分の感情、ねちゃねちゃとした慾《よく》を、邪魔だと思った。自分が女であること、彼の異性であることが、歯がゆかった。最高の「友達」になって、彼といつまでも話をしていたかった。

それほど『間島昭史』は、私にとって、かけがえのない人物になってしまった。

風がますます熱を帯び、町では、夏休みの予感に学生たちが喜びを隠さないようになった。私たちが出遭ってから、ひと月しか経《た》っていなかった。

関係に変化をもたらしたのも、私だった。

私が覚えている限り、彼が能動的に何かをしたことは、一度も無かった。

私たちの関係は、私の一方的な態度で成り立っていたのかもしれない。今思えば、ガツガツと独走していた自分は恥ずかしいが、私とのことだけではなく、彼は、物事のすべてに対し、一定してそういう姿勢を貫いていたように思う。

彼は、自分の積極的な意思をほとんど持たないように見えたし、そのことに彼自身気付いているふしもなかった。だからこそ、こちらの感情を、飲み込むように吸収した。私の感情や、そのときに置かれている正体の分からない靄《もや》のようなものを、さらりと言い当てた。驚くべき正確さ、速さで。

彼は「自分」という個人の存在や感情を、無意識に消していた。それが、彼を包んでいる、あの静かな諦観の理由だったのかもしれない。だが、そのことがかえって、彼の存在を対峙《たいじ》する者の胸に色濃く残すことには、やはり気付いていないようだった。彼は、自分の魅力には、罪深いほどに無自覚だったのだ。


ある晩、私は珍しくテレビをつけた。

元々、テレビは好きだった。家に帰ると、無意識でリモコンを手に取り、何をするにしても背景でテレビがついているような、自堕落な生活をしていた。しかし、彼と出会ってから、私はほとんどテレビを見ることがなくなった。ちらつく映像や音を五月蠅《うるさ》いと思ったし、部屋で音楽を聞くことさえしなくなった。

私の耳には、いつも彼の声があった。毎晩、受話器から聞こえてきた、低くて、落ち着いた、低温の動物のような声だ。それを褒めたら、途端に彼は話さなくなった。恥ずかしがっている彼を、私は好ましく思ったし、そのことも口に出した。それはほとんど彼への告白だったが、彼は、そのことに関して、丁寧な礼をするだけだった。

彼の声を糧《かて》に、私は絵を描いた。それはどんな音楽よりも私を慰めたし、背中を安らかに押した。彼と会うようになってから、家にいる時間、私はほとんど、絵を描いていた。画家を志しながらも、自分がこれほどまで、絵画に対して真摯《しんし》な生活を送り始めたことに、ひとりで照れた。突然、大笑いすることもあった。それほど、私はのめりこんでいた。こんなことは、かつてなかった。

その日は、一枚の作品を描き終え、深々とした満足の中に沈んでいた。

私は、その絵が好きだった。

たくさんの鮮やかな花がこちらを見ている。背景は白。真っ白ではない。繊維のひとつひとつを、白い絵の具で細かく描いている。それは、白い鳥の体だ。顔も嘴《くちばし》も見えないが、とても寛《くつろ》いだ、幸福な鳥だ。

私はこの絵を、『間島昭史』に見てもらいたいと思った。子供のようにはしゃぎながら携帯電話を手にしたが、毎晩電話をかけ続けている自分を、そのとき急に、恥ずかしく思った。せめて自分の、この絵の具まみれの手を洗ってからにしようと、携帯電話を置き、その代わり手に取ったリモコンのボタンを、押した。

テレビでは、ニュース映像が流れていた。落ち着いたアナウンサーの声でさえ、そのときの私には、騒々しく聞こえた。驚いた。こんな威圧的な音を、私は毎日BGMのように聞いていたのだ。以前の自分が信じられなかった。

爪《つめ》で指の絵の具をこそげながら、画面を見ていると、あるプロレスラーが試合中に心肺停止になった、という事件が報道されていた。

リングの真ん中で大の字になっている本人と、その周りで騒然としているレスラーたちが映し出されている。救急隊員が心臓マッサージをしている。ぐう、ぐう、と掌《てのひら》で心臓を押さえつけられるレスラーは、その動きに反応する以外、生きている人間の動きを見せなかった。もはやこれは、死体を映しているということではないか。慄然《りつぜん》とした。テレビを消そうとしたとき、ふと、自分の指についた、白い絵の具を見た。

ぎくりとした。

『間島昭史』が死んでしまうかもしれない、と、思った。

絵を完成させた高揚からくる、興奮状態だったのかもしれない。『間島昭史』の絵を初めて見たときのような、彼のお辞儀を、絵を辿《たど》る指を、初めて見たときのような衝撃が、私を襲った。

今こうしている間に、彼は死んでしまうかもしれない。このレスラーのように、急に意識を失い、そしてそのまま、二度と目覚めないかもしれない。

背中が、ぞうっとした。私は自分の体が、僅《わず》かに震えるのさえ感じた。

もう、先ほどの私は、深々とした満足の中に沈んでいた私は、いなかった。彼に会いたかった。強烈に。彼の「生活」に触れるのを怖がって、このまま「友達」としての関係を大切にしたほうがいい、などという逡巡《しゅんじゅん》をしている間に、もしかしたら、彼はいなくなってしまうかもしれないのだ。

私は携帯電話を手に取った。迷わなかった。彼は、七コール目に、電話に出た。

「もしもし。」

テレビの音は、もう聞こえなかった。

「会いたいねんけど。」

ただならぬ私の気配を察したのか、『間島昭史』は、しばらく黙った。だが、私はひるまなかった。電話の後ろから、しゅう、という音が聞こえてきた。それはきっと、やかんが沸騰《ふっとう》する音だった。はっとしたが、私はその音、「生活」の音を、打ち消すように、もう一度、会いたいと言った。

彼は、すう、と息を吸って、はい、と言った。その一言は、私にとって、何をおいても守る価値のあるものだった。紛れもない、彼の声だった。


その日、『間島昭史』は、初めて私の部屋に来た。

やはり真っ黒の服を着ていたが、指には、白い絵の具がついていた。洗っても取れない、と、言い訳をするように笑った顔を見て、彼の幼い頃を見たような気がした。彼が怖がっているような気がして、胸がしめつけられた。彼は手に何も持っていなかった。何か拾ったものを持ってきて、うちに置いていってくれればよいのに、と思った。水晶や、植物図鑑や、綿棒を入れた缶の箱や、「もうすぐ沸点」と書かれたライターや。

彼は、一時間ほど、私が描いた絵をじっと凝視していた。時々うなずいたり、爪を噛《か》んだりしていた。今なら分かる。彼は興奮していたのだ。彼は、本当に私の絵を、好きでいてくれたのだ。あまりに熱心に見つめるから、彼が見つめた絵から順に、溶けてしまうのではないか、と思った。長いまつ毛、まっすぐな目。彼はとても、熱心だった。

彼を見ていると、私は救われたような、置いていかれたような、説明しがたい気持ちになった。私のことを見て欲しかったが、同時に、絶対にこちらを向いてくれるなと思った。

どれくらいそうしていただろうか。とうとう絵から目を離した彼は、ふう、と息を吐いた。そして、

「夏目さんの絵が、好きです。」

と言った。その一言で、私の体は、音を立てて溶けた。私の絵よりも、私のほうが、脆《もろ》かった。しゅるしゅるしゅる、溶けた私は、彼に触れたかった。どうしても触れたかった。でも、走り出した感情と裏腹に、私の手は強烈な力で抑えられていた。理性ではない。

きっとそれは、恐怖だった。底の見えない、暗い穴のような彼に、深く立ち入ることへの恐怖。それは、妻帯者や恋人がいる人間への警戒とは違った。

彼という存在は、私にとっては強烈すぎたのだ。

私は、自分の部屋に座った彼の姿を見て初めて、なんて大それたことをしてしまったのだ！　と思った。

公園で見た『間島昭史』、空や土に接した場所で見る彼と、今ここで見る彼は、ま

ったく違った。外にいるとき、彼は輪郭を空気に溶かしてしまったかのように、「自然」だった。彼は例えるなら、夜そのものになった。風景とまじりあって存在する『間島昭史』は、とても優しかった。

でも、私の部屋、四方を壁で覆《おお》われた、「景色」と接することのないこの場所にあると、彼の存在感は恐ろしいほどに私に迫ってきた。彼は彼「そのもの」だった。手を伸ばさずとも、私は彼を感じた。それは性的なものとは程遠く、威圧的なものとも交わらなかった。

どこを歩いても、彼を踏みつけているような気持ちになり、立ち上がると、彼に頭を押さえつけられているように感じた。彼は、絶対的だった。私は、初めて会った『16』で、三人でテーブルを囲んだ居酒屋で、彼のこの「存在」に気付かなかった自分を恥じた。何故《なぜ》か、自分は画家として生涯大成しないだろうと、そのとき確信した。

彼の強烈な存在の理由を、私は考えた。

私が彼に恋をしているということは、それほど重要ではなかった。彼の存在は、「彼」が原因だった。

存在しうる彼の体のすべて、影までもが、そのまま『間島昭史』だった。私はこんなに自然に「自分」自身でいられる人間に、出会ったことがなかった。

この世界で、自分が自分そのものであり続けることの難しさを、私は痛いほど分かっていた。それを無意識のうちに避け、無意識のうちに狡猾《こうかつ》に生きてきた。環境によって形を変える自分に〝似た〟自分を責めることなく、自分を甘やかして生きてきた。そしてそのことさえも、意識の淵《ふち》には浮かばなかった。『間島昭史』に、出会うまで。

確かに彼も、流されるように生きていた。しかしそれは、「社会」という環境によってではなかったし、対人間としての「自分」の変遷《へんせん》でもなかった。彼は自分が生きていることに対して、血を流しながら形を変えていた。彼は夜そのものになれるように、自分を空気にさらけ出していた。彼は感情に忠実だったし、とことんまで正直だった。

『間島昭史』は、だから、対峙していると、自身の狡猾や卑小や、無意識の逃亡などを、まざまざと相手に感じさせる人間だった。

彼を前にして身構えていた阿佐ヶ谷の自分は、正しかったのだ。

切羽つまった気持ちを誤魔化すために、私はお茶を淹《い》れに何度も席を立ち、他愛《たわい》のない話をすることに努めた。いつにも増してしゃべり倒す私を、彼は困ったように見ていたが、どれほどくだらない話でも、丁寧に、丁寧に相槌《あいづち》を打つことはやめなかった。結局、明け方になるまで話し続けた私は、勝手に疲弊していた。

「プロレスラーが死んでん。」

　私がようやくそう言ったときには、窓から朝日が差し込んで来ていた。『間島昭史』は眩《まぶ》しそうに目を細め、私に断らず、カーテンを閉めなおした。その仕草を見て、私は何故か、勇気を得た。

「ニュースでやってたん。見た？　あの、バックドロップされて、心肺停止になって。心臓マッサージとかしてるんやけど、そのまま死んでん。」

「そうなんですか。僕んち、テレビないから。」

「それで、それって、もう、死体を映しているようなもんやな、て思って。死体を私は凝視しているんやと思うと、怖くて。」

「はい。」

「で、その怖さって、あの、死体を見る怖さやなくて、まじまさん。」

「はい。」

「まじまさんが、死ぬことが怖いと思ってん。」

「僕が。」

「はい。会えへんときに、まじまさんは、死んでしまうかもしれへんやん。」

「僕が死ぬんですか。」

「うん。生きることから遠いような気がするねん。おかしな話やけど、今こうやって話してても、どこか、ぼんやりしてるやん。でも、すごく強烈で。」

「そうですか。」

「まじまさんのことが好き。」

『間島昭史』は、動かなかった。カーテンの隙間《すきま》から漏れてくる光は、彼の何も照らせていない。一世一代の告白をしたのに、私は彼の姿をうまく捉《とら》えられなかった。

「まじまさん。」

泣くのを懸命にこらえた。今の私は完全に「あかん」人だ。怖がられる、と思ったが、感情が溢《あふ》れてきて、どうしていいのか分からなかった。彼が、

「僕も好きです。」

と、言ったとき、私はその言葉だけで、自分の体が地面の、もっともっと底に、溶け落ちてしまうような気がした。「夏目さんの絵が、好きです」と言われたときの溶解とは、比べ物にならなかった。

私は、彼を見た。肩の、「せかいのはじまり」が、熱かった。

初めて『間島昭史』に触れたとき、彼は何故か、ほっとしたような表情をした。

私はそのとき、声も出せない状態だったが、彼は何かから解放されたように、私のからだに触れた。触れた。私に。信じられなかった。結局私は、ほとんど大声を出した。あああ、と声に出していると、いつの間にか泣いていた。行為と裏腹に、自分が幼い頃に戻ったような気持ちだった。

寝入り際《ぎわ》、

「さっき、やかんの音が聞こえたよ。」

と言うと、『間島昭史』は、

「すみません。」

と言った。

私は暗闇《くらやみ》に手を伸ばした。何にも触れなかったが、私は必死で、何かに触れようとしていた。

翌日、私は仕事を休んだ。体調が、と言い淀《よど》むと、店長は、すぐに、休みなさい、と言ってくれた。本当は、私など雇っている余裕は無いのかもしれない。ジントニックとジンバックを間違えるし、よく手を切ってライムを血まみれにするし、嫌な客が来たら「下手くそ」な笑顔しか出来ないし。自分が、世界でも指折りのポンコツになったような気がして寂しかったが、隣に彼がいる、ということが、私を一気に世界の高みまで連れて行くのだった。

それに、この状態ではしばらく部屋から出られるとも思えなかった。電話を切った後、私はすぐに、あの仕事をやめなければいけないだろうと覚悟した。明日も、あさっても、『間島昭史』がそばにいる限り、私は外に出ることが出来ない。

彼と夜を明かしたことは、何度もあった。ベンチに座ったまま、彼の煙草《たばこ》の煙を辿ると、東の空から、洗い立てのような日の光がまっすぐ私たちに向かって進んでくるのを見た。祝福されているようなその光は嬉《うれ》しかったが、明るい場所で彼を見るのは、どうしても気がひけた。それでも、一緒に世界をまたいだような連帯感を、私も彼も感じていたはずだ。私は、幸福だった。

だが、彼と共に眠りながら夜を明かすのは、今までとまるっきり違った。彼に触れ、横になったときにはすでに日が昇っていたが、「眠る」ことは、新しい夜を明かす、という行為だ。そこには祝福の光ではなく、深くて暗い予感があった。私と彼は、世界をまたいだのではなく、世界から隠れたようなものだった。

目を覚ました彼は、私を見て、少し驚いたような顔をした。それは彼の黒い、真夜中の眼に、まっすぐに光が当たっていたからでもあるが、この状況に、彼自身も戸惑っているのだろう、と思った。だが、彼はすぐ、のびをし、大きなあくびをして、体をシーツに沿わせた。まるっきり、猫のようだった。私は驚いた。

彼の髪に触れると、彼はまた眠ってしまった。眠っている彼を見ると、寂しさに胸を摑《つか》まれ、私は子供のように泣いた。

次の日も、その次の日も、私は仕事を休んだ。連絡もしなかったが、店からの電話はなかった。私は初日から、自分の時間感覚が曖昧《あいまい》になってしまったのを感じた。『間島昭史』といると、当たり前のこと、厳然としてそこにあったものが、どうでもよくなった。

彼は、私の、自分では触れられない場所に触れてしまった。

彼は、鼻のにおいを、鼻で嗅《か》ぐのが面白い、と言った。自分の鼻で、私の鼻に触れた。すう、と彼が息を吸うと、私の鼻は、すん、と、はにかんだ音を立てた。

彼は、耳の音を耳で聞くのが面白いと言った。形が変わってしまうほど強く、耳を私の耳に押し付けた。私の耳はどく、どく、という彼の心音を捉え、一緒に震えた。

彼は、目を、目で見るのが面白いと言った。『間島昭史』の眼球が、私の眼球に触れると、ぼうっとした視界の中、黒々としたまつ毛が見えたが、それが私のものなのか、彼のものなのか、すぐに分からなくなった。

彼は、口に、口で触るのは、一番面白くない、と言った。確かめるように、唇で私の唇に触れ、「やっぱりおかしい」と言って笑った。私は彼の唇を噛んだが、細く流れる血を舐《な》めて、彼は笑っていた。

「そない鉄の味やないんです。もっと甘くって。」と彼は言った。

その言葉を聞いて、私はまた泣いた。

「大丈夫ですか。」

『間島昭史』はそう言って、からかうように私の肩に触れた。いつもなら、その仕草に大笑いをしたものだが、そのときの私は、笑うどころか、しゃくりあげた。

彼のすることのすべてが、私の琴線に触れた。私は終始、圧倒されていた。

私は、彼に執拗《しつよう》に食べることや眠ることを薦めた。それ以外に、私が彼に求めることはなかったし、彼も私に、そこにいること以外、何も求めなかった。

死んだらあかんやん、と言うと、彼は笑ったが、私は真剣だった。

「夏目さんの料理は食べられるから、不思議です。」

私が作ったカレーを食べながら、彼は、そう言った。

「どういう意味。」

「僕、人が作ったもの、食べられへんのんです。」

スプーンを次々に口に運ぶ『間島昭史』と対照的に、私は、彼を前にすると、食べ物を口にすることが出来なかった。羞恥《しゅうち》ではなかったし、空腹を感じなかったわけではない。ただ、彼を目の前にすると、喉元《のどもと》までこみ上げてくるものがあり、つまり胸がいっぱいになって、どうしても食べ物を嚥下《えんげ》すること、そして、それ以前に、食べ物を口に入れることが出来なくなるのだ。

「人が作ったものを食べられへん、て、どういう意味。」

私は、初めて瀬田と三人で会ったとき、居酒屋の料理を口いっぱいにほおばっていた彼を思い出した。そしてそもそも、人の作ったものが食べられないからと言っても、彼が自分で料理をするところなど、全く想像できなかった。

怪訝《けげん》そうな私の視線に気付いたのか、『間島昭史』は、子供のように、私に訴えかけてきた。

「顔が見えへん人のものなら、食べられるんですけど。」

「顔の見えへん人？」

「そうです。店とか、給食とか。顔が見えへんというか、はっきり自分が知らん人が作ったものなら、無責任やし、食べられるんですけど。」

「無責任？」

「はい。あの、知ってる人が作ってくれると、食べることに責任が出るから、食べられへんのんです。でも、夏目さんが作ったものは食べられる、から、不思議です。」

彼は丁寧に話をしたが、私は混乱するばかりだった。

「それは、お金を払うから食べられる、とか、そういうこと。」

「いえ、違います。お店の食べ物は食べられるし、それは、お金とか関係ないんです。あの、作ってる人が見えへんかったら。でも、お店の人が話しかけてくれたり、僕のことを覚えてしまったりしたら、もう、その人が作ったものは、食べられへんのんです。」

「なんでなん。」

「責任が、出てしまうから。」

「責任って？」

「何やろう。食べることで、その人に対して、お礼せなあかん、ということなんでしょうか。いや、違う。なんて言うたらええんやろう。怖いというか。」

「怖いん。」

「はい。」

「お礼いうのは、例えばお店やったら、お金でええんやないの。お店の人が、タダで作ってくれるようになったら申し訳なくて食べられへんってこと？」

「違います。顔が見えたら、だめなんです。お金やないんです。」

「じゃあ、『16』のオーナーは？」

『恋人』の作ったものはどうなのだ、と、聞くかわり、私はそう言った。意地の悪い気持ちは微塵《みじん》もなかったが、言った途端、自分の体の内側が、かっと熱くなるのを感じた。嫉妬《しっと》だ、と思った。数年前に怪物になった自分を思い出し、怖かった。小鬼よ、頼むから目覚めないでくれ、と、私は小さく願った。彼の前では、絶対に取り乱したくなかった。

「『16』？　ああ、そうですね。怖いです。あの人、特に、ほんまによくしてくれたから、僕はずっと怖かった。ちゃんとお礼は言うたつもりなんですけど、全然足りひん気がして、怖くて、それで、連絡も取ってないですし、一生会いたくないです。」

私に気を使っているのではなさそうだった。『間島昭史』は、本当に、心底「怖がって」いた。その恐怖は彼の真面目《まじめ》さだけからくるものではない、ということは、はっきりと分かった。

「オーナーは、僕の中で、はっきり顔がある人やから。」

「顔が。」

「そうです。あの、顔がはっきりわかるというのは、その人が人間であることに気付く、というか。」

「人間であることに気付く？　匿名性《とくめいせい》が無くなるってこと？」

「そう、そうです。のっぺらぼうやった人が、はっきり、ひとりの人間として認識できて、それで、その人が作ってくれたんやと思うと、怖いんです。」

「それは、食べ物を通して関係性ができることが怖い、ということ。」

「関係性、そうですね。たぶん。それも、中途半端《はんぱ》な関係やと、あかんような気がして。僕、きっと、ゼロか百かなんです。少しだけ関わる、とか、そういうのが、一番こわいんです。」

彼は、手を止め、じっと考え込んでいた。ひとつのことを考えると、ほかの作業がままならなくなるということは、数ヶ月の間彼を見て、分かっていた。

私は、どんどん冷めていく料理を見て、何故《なぜ》か不安になった。彼を生かさなければ、と思っていた自分の思いが、すべて無駄になってしまうような気持ちだった。

「でも、夏目さんの作った料理は、食べられる。」

彼の言い方は、明らかに失礼だった。人が作った料理に対して、「食べられる」とは。

しかし、そういえば彼は、作った私がまったく料理に手をつけないことを、一向に気にしなかったし、食べ終わった後に「ごちそうさま」も、ましてや「美味《おい》しかった」も、言わなかった。律儀《りちぎ》で、丁寧すぎる彼にしては、それはおかしなことだった。

彼は、目の前に出されたものを、ただただ、食べられる、食べられる、と確かめているように、口に運んだ。食べることに興味がない人間である、ということは、出遭ったときから分かっていた。公園で話しているときも、数時間歩き回るときも、彼は絶対に何かを食べようとは言わなかったし、お腹《なか》が空《す》いた、とも言わなかった。

そのとき、目の前で、彼が食べ物を実際に口に運んでいる様子を見ても、それは「食べている」こととは程遠い行為に見えた。彼にとっては、「食べる」ということは日常でもなく、大切に思う類《たぐい》のことでもないのだった。

「私と関係を築くのは、怖くないのん。」

私がそう聞くと、『間島昭史』は、

「怖くありません。」

と言った。

「百の？」

「はい。」

彼の唇の端に、ごはんの粒がついていた。私はそれをとって、口に入れた。爪《つめ》ほどもない、小さな、小さな粒だったが、はっとするほど、食べ物の濃厚な味がした。

そのとき、私は、彼に触れてから一度も笑っていないことを思い出した。

彼のことを苦しくなるほど好きだ、ということは、出遭ってすぐに分かっていた、はずだ。一緒にいても、拳《こぶし》ひとつぶんほど離れた彼の存在は、私を、息をすることさえ困難な気持ちにさせたし、じゃあ、と別れた後の道で、体中の力が抜け、思わずしゃがみこんだこともある。それでも、彼の気配がすると、私の口角は、自然にあがった。それが、後の苦しさを孕《はら》んだものだったとしても、それでも私は、朗《ほが》らかでいられたのだ。

だが、彼が家に来てから、私は笑うことが出来なくなった。私はずっと、怖がっていた。彼への愛情は増すばかりで、際限がなかったが、その底なしの先が怖かった。これほど深く感情を揺さぶられた相手には、いつか同等の憎しみが待っているような気がした。

幸福、という言葉では表すことが出来ないほど、私の体は喜びに震えていたが、それは笑顔に結びつくようなものではなく、底のない、開けてはいけない何かを見つけるような境地に触れるものだった。

彼から生い立ちを聞いたのは、彼が家に来て、何度目かの夜だった。

私は数日合わせても数時間しか寝ておらず、まぶたがいつも重かった。だが、うとうとと寝入ってしまいそうになるとき、『間島昭史』の存在を近くに感じると、私の頭はしんと冴《さ》えわたり、甘い緊張感で、いてもたってもいられなくなるのだった。私は彼の寝息を聞いていてもなお、緊張のさなかにあった。

小さな頃は、どんな子供だったのか、という質問をするのに、私は蛮勇をふるった。これ以上彼に立ち入りたくないという思いと裏腹に、彼のことを知りたくてたまらなかった。

「僕、両親が小さい頃に離婚して、父親に引き取られたんです。で、大阪にずっとおって。」

「元々大阪やなかったんや。」

「はい。岡山やったんです、元々は。」

「小さい頃ってどれくらい？」

「二歳とか三歳とか、それくらいです。」

「そんな小さいときにお母さんと離れるのって、辛《つら》くなかったん。」

「いや、ほとんど覚えてへんくて。ちゃんと記憶ある頃には、もう父親とふたりやったんで、ていうより、父親と、その恋人の人と一緒で。それが普通で。」

「新しいお母さんってこと？」

「違います。よう覚えてへんけど、籍はいれてへんかったみたいやし、何人も代わってたから。」

「そうなんや。」

「はい。みんな可愛《かわい》がってくれたんですけど、二、三年で、長くて四年くらいで代わるから、あんまり誰がどうとか、なくて。すごい好きやった人はひとり覚えてるんですけど、若くて綺麗《きれい》で、若いうても、実は僕の母親より年上やったみたいなんですけど、でも、若く見えたんですね。服の感じとか、手つないだときの感じとか。その人とだけ、手つなぐのが、なんか緊張するというか。」

「女性として見てたってこと？」

「そうなんかもしれないです。いうて、もう僕十歳とかそんなんになってたから、普通に恥ずかしかっただけかもしれないですけど、お店やってる人で、水商売で、だから、手荒れてるやろ？ て聞いてくるんですけど、全然そんなことなくて。桃かな。なんか手のクリーム塗ってて、それがいっつもええ匂《にお》いで。」

「そういうディテールだけ鮮明に覚えてることってある。分かる。」

「顔とかあんまり朧《おぼろ》なんです。その人と父親が付き合ったのって、一番短くて、一年もなかったんとちゃうかな。一緒に住んでなかったし、よう考えたら、父親抜きで、その人となんでふたりきりで手つないで歩いたんかも分からんのですけど、でも、その手の感じと匂い、は、ものすごく鮮明なんです。」

「うん、分かる。」

「あと、僕のこと、あーちゃん、て女の子みたいに呼ぶから、それが嬉《うれ》しかった。」

「嬉しかった？」

「はい。手つなぐんは恥ずかしい、て思ってたのに、あーちゃん、は嬉しかった。」

「不思議やね。」

「夏目さんは昔、なんて呼ばれてましたか？」

「普通やで。かおりちゃん、とか、かおちゃん、とか。」

「かおちゃん？」

「はい。」

「かおちゃん、か。いいですね。いいです、かおちゃん。」

かお、と呼ばれていたのは、中学にあがるまでのことだ。でも、彼にそう呼ばれると、自分の節くれだった手や荒れた唇や、乾いたまぶた、とにかく世間で「アラサー」などと鬱陶《うっとう》しい呼び方をされる自身の現状などを軽々と跳び超え、小さな頃に戻ってしまうような気がした。彼の声には、湿度の高い郷愁があった。

私は地域のソフトボールチームに入っていた。ピッチャーだった。女の子だけのチームだったが、かおちゃんの球は男の子にだって打てない、と言われた。それが嬉しかったし、誇らしかった。

私は近所の公園へ行き、壁に自分の球を投げ、毎日投球の練習をした。私には父親がいなかったし、兄弟もいなかった。私はずっと、ひとりで練習した。母は私を不憫《ふびん》に思っていたようだが、寂しくはなかった。おぼろげにしか覚えていない父の顔や、想像すら出来ない兄弟の顔よりも、自分の手の中に溢《あふ》れるようにして納まっているソフトボールの存在のほうが、鮮明であり、まっすぐな真実だった。それがあればよかった。本当に。

ある日、いつものように練習をしていたら、クラスの男子生徒が通った。

橋爪《はしづめ》、という男の子だった。

橋爪は、教室ではしゃいでいる皆にまったく心を捕らわれることなく、いつも隅で静かに読書をしていた。大人びた雰囲気と、聡明《そうめい》な目のせいで、私は勝手に、彼は皆を馬鹿《ばか》にしているのだろうと思っていた。そして、彼のその軽蔑《けいべつ》の先に、私も確かに存在しているだろうと思っていた。私は勉強も出来なかったし、彼の読んでいる本も、まったく知らなかった。

彼は、皆の噂《うわさ》の端にもあがらず、かといって決して苛《いじ》められたりしなかった。皆も、無邪気な心のどこかで、橋爪のただならぬ気配を感じ取っていたのかもしれない。

私はいつも、彼のことが気になっていた。国語の授業で、漢字の読み方を間違えたときは、皆に笑われることよりも、橋爪の反応が気になった。ちらりと目の端で橋爪を捉《とら》えては、私の失敗など耳にも入っていない彼の様子を見て、ほっとする反面、がっかりした。そして、がっかりした後は、彼に腹を立てた。

今思えば、それははっきりとした恋の萌芽であったが、十一歳になったばかりの私、クラスメイトとふざけ合い、軽口を叩《たた》き、人より少し楽をすることを人生の最上の喜びであると疑わなかったあの頃の私には、分かるはずもなかった。ただ、いつか橋爪が驚くようなこと、目を見張り、

「夏目はすごい。」

と嘆息するようなことをしてみたい、という幼い虚栄が、いつも胸のどこかにあった。

だから、公園を歩いてくる橋爪を見たときは、心臓が大きく鳴った。「その」ときが来たのだ、という思いと、彼の目に留まる前に走って逃げ帰りたい、という臆病《おくびょう》な心がない交ぜになり、パニックになった。しかし結局、私はその気持ちの両方を遂行した。臆病な気持ちを凶暴さに変えて、彼に挑みかかったのだ。

「橋爪。」

声をかけた私を見ても、橋爪は顔色を変えることをしなかった。私は緊張をさとられまいと、大きな声を出した。

「何やってんのん。」

橋爪は、カバンの中から一冊の本を出し、

「これ買いに行っとった。」

と言った。青い表紙に金の文字で『壁の町』と書かれてあった。当時の私は、その本をもちろん知らなかったし、片手で持ち上げるのが困難なほどの分厚い本を、開いたこともなかった。羞恥《しゅうち》で腹が立ち、でも、急に話しかけた私に、素直に橋爪が答えてくれたことが嬉しかった。そして、その矛盾が歯がゆくて、私は、一層強固になった。

「なんなん、いっつもそんなん読んで、あんた、女みたいや。」

橋爪は、一瞬困ったような顔をしたが、その大人びた顔は、私をますます羞恥の只《ただ》中《なか》へ追いやった。本当は、聞きたかった。それは、どんな本なの？　どんな物語？　それができない代わり、私はボールを投げた。本気ではなかった。しかし、大きなソフトボールは、橋爪の本に命中した。

彼の手から地面へ落ちた本を見て、私ははっとした。取り返しのつかないことをしてしまった、と思った。でも、後には引けなかった。

「夏目って。」

本を拾いながら、橋爪は言った。怒っている様子ではなかった。

「なんでいつも、僕のこと気にするん。おかしいで。」

私は、自分が投げたボールが異様な速度と臨場感でもって、自分に返ってきたような気分だった。その速度で、強く頭を打った。眩暈《めまい》がした。

「普通にしてたら、ええやんか。」

かおちゃんのボールは、男の子にだって打てない。

そのとき、皆が言ってくれた言葉を、何故《なぜ》か思い出した。そして、そのことを、強烈に恥じた。私は、全力で投げた球を、橋爪に、片手でやすやすと場外に飛ばされたような気分だった。

私はその日から、橋爪をことさらに避けるようになった。

それだけではない。教室の中で、なるべく目立たないように過ごした。出来ることなら、空気のような存在になりたいと思った。誰の目にも留まらず、このままひっそりと人生を終えたい、と、大袈裟《おおげさ》ではなく、切実に思った。それだけ、私の自己嫌悪《けんお》と羞恥は、決定的だった。

いつも率先して騒いでいた私が、急に大人しくなったのを見て、女子生徒たちは皆いぶかったし、男子生徒の中には、「生理が始まった」「オンナになった」と、からかう者もいた。ある意味、それは正しかった。

あのとき、私ははっきり少女から脱した。子供でいられた時代は、終わったのだ。

橋爪は、卒業を待たずに引っ越して行った。

ほっとしたが、名誉挽回《ばんかい》のチャンスを得られなかった悔しさと、初恋の人を失った寂しさが勝った。その頃には、クラスの友達は大人しくなった私に慣れていたし、ソフトボールをやめると言った私を、止めもしなかった。

中学で、美術部に入部した。中学から出会ったクラスメイトは、私が小学校時代ソフトボールチームのエースだったことなど、誰も信じなかった。

私は毎日、絵を描いた。ひとりでいると、白い紙に向かっていると、心から落ち着いた。誰の視線も感じない、自分自身と徹底的に対峙《たいじ》できる時間だった。だが、気に入ったものを描きあげたら、これを橋爪に見てもらいたい、と思ったし、何か失敗をすると、橋爪がいなくてよかった、と思った。私は飽きず、橋爪に捕らわれていたのだ。

青い髪の恋人に、初めて体を開いたときも、私は本当は、橋爪を強く思った。失った少女時代の尊さを思って、泣いた。

「かおちゃん。」

『間島昭史』は、嬉しそうに私を呼んだ。そういえば彼は、橋爪に似ているかもしれなかった。

「あーちゃん、て呼んでくれた人は、どうなったん。」

「やっぱりすぐ別れて、それから二度と会わんかったんですけど。」

「そうなん。」

「それで、親父《おやじ》が死んで。」

「え。そうなん。」

「はい。そんときも親父の恋人がいてたんですけど、籍も入ってないし、結局僕、親《しん》戚《せき》の家に預けられて。」

「お母さんは？」

「母親は、もう新しい家族がおって。ていうより、親父とおるときに不倫しよって、子供が出来たから逃げた、みたいな。だから、まあ、無理やったんでしょうね。僕の存在なんて、邪魔なだけやし。」

「そう。」

これまでも、彼は長い話を私にしてくれた。深く考え込んで黙ったままの時間が続いたり、「違うな」と、言い直してみたり、話すことに、彼は確固たる配慮をもっていた。しかし今、ここで話す彼は、話そのものから産まれて初めて解放されたように、無責任だった。

自分にまったく関係のないことを話すときでも、一言一言、じっくり言葉を選ぶ彼が、はすっぱで、投げやりで、どこか楽しそうに、自分の話をしている。それはとても奇妙な光景として、私の目に映った。そして、どこか既視感があった。

「それで、大阪の叔父さんの家行って。そこの叔母が画家やったんで、家に油絵があって、やることないし、よう絵を描いてたんです。ああそうや、そんときから、白ばっかり使ってて。ホルベインのジンクホワイト。そればっかりなくなるから、叔母さんに、よう怒られました。」

「そのときから、使ってる絵の具は変わってへんのん。ホルベイン？」

阿呆《あほう》みたいな質問だと思ったが、彼は、真剣な顔をし、

「はい。そうです。」

と、丁寧に答えた。

「僕、何の話してるんやろう。」

我に返ったのか、彼は深刻になった。私は、無責任な彼を、もっと見たかった。そして、既視感の原因を思い出した。今ここにいる『間島昭史』は、彼に会って、自由に絵を描き始めた私に似ているのだ。何かから解放される分、何かに捕らわれる、大きな矛盾を孕《はら》んだ自分に似ているのだ。

「まじまさんの、お父さんが亡《な》くなってからのこと。」

「ああ、父親が死んで。親戚の家におって。結局高校卒業するまでそこにおったんですけど。会うたんです。十九歳んとき。」

「会った？　誰に？」

「おかあさん。」

言葉のせいばかりではない。そのときの彼は、子供のような顔つきをしていた。

「僕が十九歳のときに、二度目の離婚をして。」

「そうなん。」

「そこから一緒に暮らそう、てなったんですけど。」

「虫がいい、というか。ごめんな。お母さんやのに。」

「いいえ、実際そうでしょう。働き手が欲しかったんやないかな。でも僕、そんとき違法カジノのぼうやみたいのんしとって。そこで住み込みで働いてたし、いくら母親いうても。」

「そうやな。」

「でも、会うだけ会うたんです。母親やし。」

おかあさん、と言ったことなど、忘れてしまったようだった。彼は実の母親のことを、他人のことのように話した。そのような境遇にいなければいけなかった幼い頃の彼を、私は抱きしめたかった。

そのときの私は、母性の塊だった。彼を産みたい。そう思っていた。それは奇妙なことだったが、そのときの私は、それをおかしいことと思わなかった。私は『間島昭史』を、孕み、産み、大切に大切に育てたかった。

「ミナミの喫茶店で会うたんですけど、出勤前に。」

「うん。」

「母親の顔自体覚えてなかったから、面白かったです。母親は泣いてましたけどね。ごめんなぁ、て言うて、泣いて。この状況しんどいなぁって思て、しれーっとしてたら、はっとしたような顔して、すみません、て言い直してました。僕たぶん、いかつかったんでしょうね。」

「お母さんに似てたん、まじまさんは。」

「分かりません。いくら二歳三歳から離れてたいうても、母親やったらすぐに分かるやろう思てたんですけど、どれが俺の母親か、わからんかった。間違えて、えらい年寄りのおばはんに声かけてしもて。しかも、その姿、見られてもうて。母親は、ショックな顔してましたけど。」

彼は、いつの間にか自分を「俺」と呼んでいることにも、気付いていないようだった。柔和な彼の話しくちにあって、それは荒々しい、性的な魅力となって輝いた。

「思たより若かったんですけど、派手で、わからんくて。母親のイメージいうのんがあるから。あんな若い女が着るみたいな服着てると思わんかったし、隣に、実際若い女の子おって。」

「女の子？」

無機質な彼の口調の中でも、その響きだけ、優しく響いた。私は、聞き逃さなかった。

「妹も来てたんです。」

「妹？」

「そうです。二回目の結婚のときの。」

「いくつ違うのん。」

「みっつ。かな。ふたつ？　いや、みっつか。」

「そのとき初めて知ったん。」

「そうです。ほんまに会うてなかったから。なんていうんですか、僕と妹の関係。」

「腹違い。あ、違う。父親が違うから、種違い。」

「たねちがい。すごい言い方や。自閉症、いうんですか。ちょっとそんなんやったみたいです。父親がどつくらしくて。母親はそれで別れたて言うてたんやけど、それが、妹にもいっとったみたいで。俺の親父もろくなもんやなかったし、母親自体、見る目がないんでしょうね。妹は、体が小さくて、高校も行ってなくて。だから、年わからんのですけど。小学生にも見えた。たねちがい、いうても、顔、俺は、自分は、母親よりよっぽど妹に似てると思った。」

「そう。」

とても暑かった。窓から風は少しも入ってこなかったが、私は足元からすう、と落ち込むような冷たさを感じた。彼に触れたかったが、出来なかった。母親が彼を怖がった理由が分かる。「いかつかった」からだけではなく、自分が捨てたという罪悪感からではなく、彼は周囲をはっとさせる、暗い、大きな影に支配されているのだ。

「妹は、」

私が口を開いたそのとき、彼の携帯電話が鳴った。

彼が携帯電話の音を切らずにいたのも、知らなかった。テーブルの携帯電話は、猫が喧嘩《けんか》するような音を立てた。

「ああ。」

彼は電話を見たが、手に取ろうとはしなかった。

「妹です。」

音が鳴り止《や》むはずもないのに、私は電話を手に取った。ぶるぶると、それは私の手の中で震えた。何かから逃げているようだった。

「私が聞いたやかんの音は。」

彼は、何かを思い出していた。そして、煙草《たばこ》を探す仕草をすると、

「妹です。」

と、もう一度言った。

「俺のことを、あーちゃんと呼びます。そう呼んでくれって、言う前から。」

彼は煙草を手にしたのに、吸わなかった。そんな彼を見たのは初めてだった。

「恋人なん。」

私は、どうか煙草を吸って、吸ってくれ、と、願った。『間島昭史』は、苦しそうに、顔を歪《ゆが》めた。

「そうです。」

あかん、身もたへん、と思った。

脱力以上の崩壊を感じながら、私はそれでも、彼を見た。彼は、結局煙草を捨ててしまった。その手がはっきり震えているのを、私は見た。

「僕のことを、待っています。」

私は彼に、帰らないで、とも、帰ってくれ、とも言えなかった。私は強烈に彼を求めていたが、それと同時に、彼といる恐怖で、目のくらむ思いがした。そして彼も、帰らなければ、とも、帰りたくない、とも言わなかった。彼は鳴り続ける携帯電話と、捨てた煙草を見ながら、いつの間にか、はらはらと泣いていた。

途方に暮れている私たちを、太陽が呑気《のんき》に照らしていた。私は混乱した頭のどこかで、彼とは結局何日過ごしたのだろう、と、そんなことを考えていた。四日か、五日か。

「まじまさん、」

『間島昭史』はうなだれ、私は、自分の声の絶望感に驚いた。これが自分の声か。まるで、婆《ばあ》さんではないか。

私たちは向かいあうようにして座り、お互いの腕をぎゅうと強く握っていた。そこには、性的なものは微塵《みじん》もなく、代わりに濁りのない幼さだけがあった。とても切実だった。

「夏目さん。」

彼は、私の名前を呼んだ。私はその言葉を聞いて、飽きずに溶けた。これは何だろう。彼の髪からは、私の家のシャンプーの匂《にお》いがして、私は彼の髪に顔をうずめて、大声で泣いた。

「すみません。本当に。」

そのとき、インターフォンが鳴った。宅配便か勧誘か、そんなことはこれまでなら普通にあったことなのに、私と彼以外に、近くに誰かが生きていることが信じられなかった。私はインターフォンを無視し、それでも依然大きな声で泣いた。

「夏目さんに会う前に、絵を見たときから、この人は嘘《うそ》をつかへん人やろうって思っていました。お会いしたら、ほんまにまっすぐな人でした。」

彼の髪は、私の涙でぐちゃぐちゃになっていた。どこかでそれを詫《わ》びなければ、と思いながら、私はその思いの日常性に驚いた。

「僕、もうわからないんです。どうしたらええのんか。あいつとくっついてしまってる気がするんです。俺の足とか、腕とか目の片方が同時に、あいつのもんのような気がするんです。あいつと離れるのは、離れるいうより、剝《は》がす、剝がれる感じなんです。僕はあいつのこと、ほんまに、ほんまに好きなんです。」

私は果敢にも、彼の腕を折ろうとした。そのたび彼の腕はぎゅう、と音を立ててしなったが、決して折れることはなかった。人間の骨は、思っているより強いのだ。

ボケカス孫の代まで祟《たた》ったるど。

言えなかった。切羽つまった状況にあったが、絶対に揺らがなかったのは、彼のことを好きだという気持ちだったし、彼は、見ていられぬほど、まっすぐに苦しんでいた。

数日の間、隣で寝ていても、ぴたりと体を添わせても、彼は遠く、私はずっと怖かった。彼の『恋人』は、どうやってこの恐怖と過ごしているのだろう、と、はっきり考えたときには、もう遅かった。

彼の生い立ちを聞いて、母性を覚えた自分の体は、やはり正しかった。一滴の血も交えない私では、彼に完璧《かんぺき》に触れることは出来ないのだ。

私はひどく納得し、やっと笑った。彼といて初めて、緊張と恐怖から逃れた瞬間だった。

そのとき、『間島昭史』は私の腕を、私がするようにしっかり握っていたが、家を離れて数日経《た》ったはずの彼の手には、まだ、白い絵の具がついていた。

彼が去るとき、私は泣かなかった。彼が去った後も、泣かなかった。

彼は、恋人の元へ帰った。

彼が去った後の部屋、今までずっと私の場所であったそこで、私は眠った。

あれだけ眠れなかった日々が嘘のようだった。眠り続けた。起きるのが怖かった。

私しかいない部屋。『間島昭史』がいないことを目の当《ま》たりにするのが、怖かったのだ。

うっすら目が覚めると、薄暗い部屋の中、四時を指している時計を見て、夕方か朝か判断出来なかった。薄い闇《やみ》の中、手を伸ばすと、自分の手の輪郭がぼんやりと見えたが、それがここに存在することが不思議に思えた。私は本当のポンコツになってしまった。二年のブランクの後、ここまで過酷な恋愛をさせる神様のようなものを、憎みたかったが、その気力もなかった。私はずっと寝た。寝た。

夏目さん、と言う彼の声だけがはっきりと聞こえた。それは、窓の外から聞こえてくる雨の音のように、この場に寄り添っていた。窓を覗《のぞ》こうとしたが、体が動かなかった。私は布団《ふとん》を頭からかぶり、雨を思った。それはずっとずっと、降っていた。やまなかった。

彼に出会ってからの数ヶ月、そういえば私は、彼と「恋人同士」になる、というイメージを、一度も持てなかった。出遭ったことが運命だ、と、鼻息荒く猪突猛進《ちょとつもうしん》していたが、彼とふたり幸福に暮らす、という想像は、ちっとも働かなかった。

もちろん、彼の「恋人」のことは、何より念頭にあった。彼は「恋人」の恋人なのだ、それは揺るがないだろうという思いはあったが、私が彼と一緒にいる未来を描けないのは、それだけが理由ではなかった。

やはり、恐怖だった。私は彼の「すべて」を受け止めることは出来ないだろう、という予感だった。そしてその「すべて」さえも、決して分かることはないだろう。私は彼の一端に触れることは出来るだろうが、深淵《しんえん》を覗くことは出来ない。

彼には、誰にも立ち入らせない何かがあった。そのくせ簡単に他人の心に潜りこんでくる彼の無防備さが、私はやはり怖かった。

彼は、愛情と、罪悪感と、孤独に、打ちのめされるのを避けるために、「自分」の形を変えていた。暗い穴のような彼の佇《たたず》まいは、それ自体が生きる術《すべ》だったのだ。私に恐怖を与えた「彼」は、彼の「恐怖」を体現したものだった。

私は彼の腕を折れなかった。彼の体に少しでも自分の痕跡《こんせき》を残したかったが、叶《かな》わなかった。私は彼のことを手に入れたかったが、彼と「恋人」の愛情の襞《ひだ》に立ち入る勇気は、とうとう持てなかった。

結局私は、逃げたのだ。

涙は、もう出ない。出ないが、人相が変わってしまうほど、まぶたが腫《は》れた。不細工、という言葉では追いつけないほどの有様だった。彼といたのはたった数ヶ月で、そして、彼に触れたのはたった数日だったが、私は何年も何かに囚《とら》われ、煩《わずら》わされ、愛されたような気分だった。婆さんみたいに思えた私の声は、本当に、一気に年を取ってしまったことの結果だった。

彼にはもう会えない。

その事実だけが、はっきりと私を動かした。私はかえってきびきびと家の中を移動し、水をたくさん飲んだ。飲みきれず口元からこぼれた水をティッシュで拭《ふ》いているとき、僅《わず》かに泣く気配がしたが、結局涙は出ず、代わりに、私は部屋中を歩いた。壁に触り、床につっぷし、指先が天井に届くように、椅子《いす》の上に乗った。一歩踏み出せば、彼に頭を撫《な》でられているような気分になり、振り返れば彼が不思議そうな顔で食べ物を口にしているのを見ることが出来た。私はどっぷりと彼に漬かっていた。それは悲しさを超え、時折快楽にさえなった。このまま一生この部屋で暮らせたら、と、投げやりではなく、切実に思った。願った。

私はいつまでも『間島昭史』にまみれていたかった。幻影でも、私にははっきりと感じられる彼を思って、いつまでも、いつまでも、ここで過ごしていたかった。

そんなことをしているうち、気まぐれに、昔買った指輪をはめてみたら、するりと指から抜け落ちた。四キロ痩《や》せた。

瀬田から電話があったのは、初めて『間島昭史』に会ったときのような、大雨の夜だった。私は職場に復帰するでもなく、絵を描くでもなく、相変わらず家中を歩き回り、うずくまり、朦朧《もうろう》とした毎日を送っていた。

瀬田からは、随分連絡が途絶えていた。懐《なつ》かしさと、急に襲ってきた心細さで、胸の奥が熱かった。

「もしもし。」

すがるように電話に出ると、自分の声が随分と嗄《しわが》れていること、そしてこの二週間、声を出していなかったことを思い出した。

「人を殴った。」

電話の向こうで、瀬田はそう言った。

「え。」

状況が飲み込めない。

「人を殴った。女の人。」

内容とは裏腹に、瀬田の声はしんと冷えていた。私は、足を誰かにすくわれたように思った。信じて歩いた先に、地面がなかった、そんな気持ちだった。

「殴ったって？　どういう？」

「どういうって？」

瀬田は、怖いほどに冷静だった。もともと不遜《ふそん》な瀬田だったが、この落ち着きようは、おかしかった。瀬田も怖いのだ、と、そのとき初めて思った。

「あの、瀬田は、大丈夫なん。」

「俺は大丈夫。ていうか、殴ったんは俺やし。女の人がなぁ。」

死んだ、と思った。咄嗟《とっさ》に。

「泣いてんねん、めっさ。」

安堵《あんど》で、手が震えた。

「今、そこにおるん？ おんなのひと。」

「おる。鼻血出して、泣いてる。」

「どこ？」

「俺んち。」

「行く。」

「うん。」

私は電話を切って初めて、瀬田の家がどこにあるのか知らないことを思い出した。

かけなおすと、瀬田は、

「もしもし。」

と、普通に電話に出た。いつもの瀬田だった。

「瀬田の家わからん。」

「ほんなら住所メールで送るから、タクシーのナビに入れてもらって。」

「わかった。」

「すまんな、あとで。」

「瀬田！」

急に、大声を出した。自分でも訳がわからなかった。瀬田は、黙っている。

「せたぁ！」

もう一度叫ぶと、瀬田は電話を切った。つー、つー、という無機質な音が、部屋に響いた。

震える手で服を着替え、髪を縛ると、僅かな体臭がした。これが、この動物のような臭《にお》いが自分のものかと驚いた。私はもう一度髪をほどき、何度も頭を振った。そして結局髪を結ばないまま、サンダルを履こうとした。すると今度は、長く長く伸びた足指の爪《つめ》を、煩わしいと思った。私は足を曲げ、そこに口をつけ、吸い付くように歯で一本一本、爪を噛《か》みちぎっていった。

髪を振り乱し、自分の足指を噛んでいる化け物のような私を、誰かに見て欲しかった。恋人の携帯電話を覗いた瞬間より何より、今の私は、人間から遠く離れている。

傘をさして、外に出た。数週間ぶりだ。

出た途端、くしゃみが止まらなくなった。環境の変化に、自分の体が驚いているのだ。傘を持っている左手を右手で摑《つか》み、私は自分の体に詫びた。

タクシーはすぐに捕まったが、瀬田からのメールは、なかなか来ない。

「東中野まで。」

走り出したタクシーの車窓から、酔漢がふらふらと歩いているのが見える。こんな大雨の中、傘もささずにいる、みすぼらしい男だった。

私はその男を、幼い頃母親と私を捨てた、行方の知れない父であると思おうとした。だが、おぼろげな父の思い出だけではその想像はまかなえず、私は乱暴にシートにもたれた。

瀬田からのメールを待ったが、結局タクシーに乗っている間、メールは届かなかった。私は東中野の駅で何度も瀬田に電話をかけるはめになった。

数十回目でやっと電話に出た瀬田は、心なしか、怒っているような声をしていた。

「着いたで。」

私も、何故《なぜ》か瀬田に腹が立った。メールを寄越さないからだとか、心配をかけさすからだとか、そういうことではなくて、もっと違う、瀬田に怒りを覚えさせている「何か」に、私は腹を立てていた。

「迎えに行く。駅におって。」

「うん。」

思えば、瀬田と喧嘩《けんか》をしたことも、瀬田に対して腹を立てたことも、瀬田が私を叱《しか》ったことも、なかった。ぶっきらぼうな瀬田だったが、私に対しての礼節を決して忘れることはなかった。彼が声を荒げるところや、ましてや人を殴るところなど、想像することが出来なかった。

駅に来た瀬田は、いつも通りの瀬田だった。私を見つけ、軽く左手をあげ、挨拶《あいさつ》をした。

瀬田は、こんな雨なのに、傘をさしていなかった。自分の傘をさしかけたが、瀬田は決して入ってこようとしない。私はますます腹を立てたが、そんなことに頓着《とんじゃく》しない瀬田は、無言で歩いた。とても険悪な空気だったが、同時に、とても親密なものでもあった。

「女の人。」

少し前を歩く瀬田に、私は話しかけた。普段、瀬田とどんな風に会話をしていたか、思い出せなかった。それほど、瀬田は私にしっくりと馴染《なじ》んでいたのだ。私は瀬田に、甘えてばかりだった。

「大丈夫なん、怪我《けが》とか。」

「わからん。鼻血がすごい。俺だいぶ強く殴ったから。」

「初めて殴った？」

「おう。」

瀬田のグレーのTシャツは、雨に濡《ぬ》れてほとんど黒い色になっている。

「それより、えらい怒ってはる。俺が夏目を呼んだから。」

「そうなん。私、行かんほうがいい？」

「いや、俺ひとりでは、無理や。」

「そう。」

私は卑怯《ひきょう》にも、こんな状況でも瀬田がそばにいてくれることに、瀬田のおかげで外に出られたことに、感謝していた。瀬田がくれた衝撃のおかげで、内向していた自分が、外にぱぁんと、はじき出されたような気持ちだった。

「なんで殴ったん。言いたくない？」

「いや。」

「なんでなん。」

「苛《いじ》めたから。耳を、ひっぱって。」

「耳？」

「そう。」

「瀬田の？」

「ちゃう。猫の。」

「瀬田、猫飼ってるん。」

「うん。」

瀬田が猫を飼っているなんて知らなかった。瀬田のことは、どんな風に知り合ったかだけではなく、どんな生活をしているのか、雑誌の写真を撮っていること以外、何も知らなかった。それでよく、朝までずっと一緒に酒を飲めてきたな、と、あきれた。

私たちは、そういえば出会ってから一度も「自己紹介」というものをしたことがなかった。それもまた、瀬田の人間的な特徴だった。相手に何も聞かず、自分も何も話さない。でも、話すことは無限にあったし、相手をリラックスさせる術に長《た》けていた。

瀬田は、本当は、とても不思議な人間だった。

「その人は、なんで猫を苛めたん。」

「知らん。なんか逆上してた。こんな猫、とか言うから、殴った。」

「そう。」

「殴った。」

「そう。」

「おもっきり。」

突然、傘を投げて、滅茶苦茶《めちゃくちゃ》に走り出したいような、衝動に駆られた。ああああああ、と、叫びだしたかった。ああああ、ああああああ。瀬田に振り向いてほしかったが、彼の背中や髪があまりに濡れていて、私は瀬田の代わりに、もう泣いていた。

「ここ。」

瀬田が入っていったのは、マンションというよりビルといっていい、殺風景な建物だった。朽ちた灰色は、長年の風化のためか、少し桃色がかっている。

「夏目、なんで泣いてるん。」

瀬田は、私の顔を見て、少し驚いたようだった。私はその頃にはほとんど嗚咽《おえつ》していて、雨で顔が濡れているのか涙で濡れているのか、分からなかった。そんな状態でも、自分が改めて「泣けた」ことに対して、私はまた、瀬田に感謝していた。瀬田は私を慰めることもなく、というよりそもそも、私がその状況で瀬田に慰められるようなことは何ひとつなかったが、エレベーターのないマンションの階段をあがっていく彼に子供のようについて行く私を、時々振り返った。

玄関は、深緑の扉だった。ぎぎ、と古びた音を立てて扉が開くと、そこには、猫がいた。

猫がいた、という表現は正しくない。猫しかいなかった。

最初に、四匹ほどの猫が足元に走ってきた。噛み千切った私の足の爪に鼻をつける者、いぶかるように私を見上げる者、あー、あー、と赤ん坊のように鳴く者、あがり框《かまち》に腰を下ろし、静かな顔をしている者。

そして、次に目に飛び込んできたのは、部屋の真ん中に、血だらけで座っている女だった。一目で、血の量が多すぎる、と思った。ただの鼻血ではない。私は彼女から目を逸《そ》らせなかったが、同時に、彼女を囲む景色の異様さに、息を呑《の》んだ。

十五畳ほどの部屋だろうか、猫が、恐らく二十四か、それ以上いる。

そ知らぬ顔で毛づくろいをしている者。私に警戒し、目を細く光らせている者。目をつむって、じっと何かを考えている者。カーペットで一心不乱に爪を研いでいる者。

通常の住居より天井が高い。そこに突っ張るようにして、大きなキャットタワーが四つもある。そこに吊《つ》り下げられた布や紐《ひも》に、子猫たちがじゃれついている。タワーの圧迫感と、部屋中に漂う強烈な猫の尿の臭いに、頭がくらくらした。

「やっぱり。」

血だらけの女が、私を睨《にら》む。

「やっぱり、その女！」

女は、鼻を押さえていたティッシュや箱を、私に向かって投げつけた。女には、見覚えがあった。血だらけの、化粧をしていない顔だが、敵意を含んだ視線は、私も知っている。

「瀬田君、やっぱりこの女とつきあってるのね!!」

『16』の、オーナーだった。

驚いたのと同時に、自分の中で何かを納得して、私は動けずにいた。そんな私にいらだったのか、女は立ち上がった。ひるんだが、私の前に瀬田が手を伸ばし、やめてください、と、声をかけると、女は催眠術にかけられたみたいに静かになった。なったと思ったら、次の瞬間には、床に手をついて、滂沱《ぼうだ》の涙を流した。

「瀬田君。どうしてこんなことするの、どうして。その女は誰？」

私の足元に、キジトラの太った猫がじゃれついてきた。体を私の脛《すね》にこすりつけ、ごろごろと甘えた声を出している。瀬田はその猫を抱き上げ、

「大丈夫やから。」

と、耳元に唇を当てた。

「瀬田君、瀬田君。私こんなにしてるのに、あなたのために、私こんなに尽くしているじゃない。どうして。」

視界の端に映っている瀬田は、彼女に返事をしなかった。彼女は女優のように顔を手で覆《おお》い、泣きじゃくっている。手の甲に刻まれた皺《しわ》が彼女の年齢をあらわしている。あまりに猟奇的な展開に、私はひるみ、結局立ちつくしたままだった。

『間島昭史』に会いに行った私、彼とギャラリーに入った私を、彼女が悪意ある目で睨んだのは、こういうことだったのだ。

「瀬田。」

私が声を出すと、彼女はびくっと体を震わせた。手の間から、強烈な憎しみをもって私を睨んでいる。

「何。」

「あの、状況を説明して。」

訳がわからなかった。瀬田が何故私を呼んだのかも、ふたりがどういう関係なのかも、そもそも、何故瀬田が尋常ならざる数の猫を飼っているのかも。

「状況？　言ったやろ。その人が猫を苛めたから、殴ったんや。」

「瀬田君ごめんなさい。ごめんなさい。あなたが猫ばかり可愛《かわい》がるから、私のこと見向きもしないものだから、嫉妬《しっと》したの。それだけ。ごめんね。ごめんなさい許して許して、許してください。」

女はずるずると這《は》って行き、瀬田の脛にすがりついた。瀬田は、猫がするりと身を躱《かわ》すようにその場を離れ、部屋の隅に座った。そこには、何もなかった。ベッドもソファもテレビも本棚も。およそ生活を感じさせるものは、何もなかった。

にゃあ、にゃあ、と、そこらじゅうで猫が鳴いている。猫の目がじっとこちらを見ている。猫、猫、猫、猫。

「許す、も何も。殴ったのは僕ですから。警察行きますか。」

瀬田は静かに、静かに話をした。それはいつもの瀬田のやり方のはずだったが、私の思い描いていた瀬田は、どこか遠くにあった。

「いいの警察なんて！　ねえ、殴られて当然だから、私。当然でしょう。殴られて当然。でもね、私、瀬田君があんまり私に構ってくれないから、寂しくて。どうしたら振り向いてもらえるの。どうしたら私だけのものになってくれるの。」

女は、両手を床につき、ほとんど土下座するような状態で、瀬田に訴えかけていた。

顔を覆って泣いているより、もっとグロテスクなものを見たような気がして、私は立っているのさえ、辛《つら》かった。

「その女の人のこと、好きなの。ねえ、好きならいいの、いいの。でもどうか私を捨てないで。ごめんなさい、私だけのものになって、なんて望みすぎよね。分かってる、分かってるから、ごめんなさい。ごめんなさい。」

女はいまや、私に笑いかけようとさえしていた。化粧の落ちた顔で私を見る彼女は、醜悪さを超えて、どこか崇高なものにも見えた。

「あの、私は、瀬田、瀬田君の友人です。」

声が震えている。そのとき初めて瀬田が、私を気遣った。

「夏目、座って。」

私は、そのまま立ち尽くしていたが、瀬田は何も言わなかった。

「いいんです、いいんです。嘘《うそ》つかないでください。私はいいんです。あなたと瀬田君がお付き合いしていても、それでも瀬田君のそばにいられれば。月に一度でも、年に一度でもいいから、どうか会いたい。会いたいんです。瀬田君。」

瀬田は、渦中《かちゅう》にいる人間には見えなかった。たくさんの猫に囲まれ、そのどれにも手をやり、撫《な》で、抱き上げ、唇をつけた。私は今度ははっきり、瀬田を見た。

瀬田は、猫を抱きながら、薄く笑っていた。大人が小さな動物を愛《め》でる遣《や》り方とは、それは大きくかけはなれていた。瀬田、と声に出したが、瀬田は猫に甘えるばかりだった。初めて瀬田の性的なものを見たような気になって、私は目を逸らした。

そして、思い出したように女を哀れに思った。女は、涙と血を流しながら、絶望している。相当の勇気を必要としたが、私は女に近づき、そのそばにひざまずいた。

「大丈夫ですか。病院に行きましょう。」

女は、私が腕を取ると、びくっと体を震わせた。さきほど私に笑いかけたが、その震えは怒りと嫌悪《けんお》からくるものだろうと、すぐに分かった。私はますます、女を哀れに思い、そして、そんな風に思う自分が、嫌だった。

「大丈夫です。ここにいたいんです。」

女の唇からは、血の混じったよだれが出ていた。瀬田は女のほうを見ようともせず、あおむけになって、猫たちを自分の体に乗せている。

「あの、私は、ほんまに、瀬田とは何もないんです。ただの友人なんです。」

今の彼女には、何を言っても慰めにはならないだろうと思ったが、私は、誠心誠意、そう言葉にした。彼女に伝わってくれ、と願った。願った。

「本当に、友達なんです。」

私はほとんど泣き出しそうになりながら、そう訴えた。少なからず、私に気圧《けお》されたのか、女は、私をじっと見た。今だ、と思った。

「病院に行きましょう。」

女の手を、強く握った。女は反発しなかった。瀬田をひとりにしなければいけない。私たちは、これ以上瀬田を「見て」はいけない、と思った。

「瀬田君は、」

女はぼんやりとした目でそう言ったが、私は強引に女を立たせた。何も食べていない体では、その一連の動作でさえ、辛かった。

「行きましょう。」

女は、何か言いたげに瀬田を見ていたが、瀬田が女を見ることは、最後までなかった。

瀬田のマンションの近くではタクシーは捕まらず、結局私たちは、駅まで歩いた。女の足取りはしっかりしていたが、我に返ったことで初めて、鼻の痛みに気付いたようだった。苦しげな声を出す女の背中をさすりながら、『間島昭史』は今、何をしているのだろう、と、ぼんやり考えた。

乗り込んだタクシーの運転手に、一番近くの救急病院まで行ってくれ、と告げてか

ら、私は自分の財布にそれほど現金が残っていないことを思い出した。それを告げると、女は、

「私が出します。もちろん。」

そう言って、小さな声で、いろいろすみません、と、付け足した。言葉の端々から、彼女の生真面目《きまじめ》さがにじみ出てきた。先ほどのようにとり乱すこととなど、普段、決してない人間なのだろう。

私はタクシーに乗っても、彼女の背中を撫で続けていたが、彼女が私の手をふりほどくことはなかった。

救急病院は、瀬田のマンションのように古く、みすぼらしかった。

救急外来にことの次第を告げるときに初めて、女の名前を知った。塚本美登里《みどり》、といった。瀬田は、塚本美登里の名前さえ教えてくれなかった。診察室に入っていく彼女の背中を見て、胸が痛んだ。

私は待合室で、瀬田にメールを打った。

『今診察中。付き添うから安心して。』

安心して、などと送っても、あの様子では、そもそも瀬田は、心配すらしていないだろう。部屋を出るとき、瀬田は自分のまぶたの上に猫を乗せていた。あんな甘やか

な表情の瀬田を、見たことがなかった。

友達だ、と思っていた瀬田の、私は何を知っていたのだろうか。

部屋にいたのはほんの一瞬だったが、私は瀬田の触れてはいけない部分、瀬田の内臓を見たような思いだった。

足の指が、今になって沁《し》みる。深く嚙《か》みすぎたのだろう。血が滲《にじ》んでいる。私は足指を内側に折るようにして、痛みに耐えた。丸まった足の甲を、猫の手のようだ、と思ったそのとき、携帯電話が震えた。見ると、瀬田からだった。

『すまん。』

一言だけだったが、私は救われたような気分になった。ああ。ため息をついたとき、頭がぐらりと揺れた。揺れた途端、真っ暗になって、なって、その後は、覚えていない。


目覚めると、真っ白だった。

「あ、」

と、声に出した。

目を凝らすと、あの富士山が見えるのではないか、と思った。願った。

手を伸ばしたが、何にも届かない。そこには、白い、ただの天井があるだけだった。私はベッドに寝かされていた。点滴の液体がぽた、ぽた、と垂れているのが見える。チューブがそのまま伸びて、私の左腕に繋《つな》がっている。

足を伸ばすと、ひんやりとした柵《さく》に当たった。違和感を感じて見ると、足指の何本かに、包帯が巻かれている。誰かが気付いてくれたのか。私の爪の痛みに、そんな些《さ》細《さい》なものに、気付いてくれる人がいたということが、とても嬉《うれ》しかった。

部屋を見回すと、病室というよりは、保健室、といった風情《ふぜい》だった。白いパーティションの向こうに、人の気配はない。

喉《のど》が渇いた。

そう思うと、いてもたってもいられないほど、渇きはひどくなった。点滴に注意をしながら肘《ひじ》で体を支えると、まだ頭がくらくらした。

「あの、」

声を出すと、唇の皮がぴ、と張るのが分かった。

「あのー。誰か。すみませーん。」

廊下を、誰かがせわしなく歩く音が聞こえる。今、何時なのだろう。不安になった。忙しいさなか、喉が渇いたというだけで誰かを呼ぶのなんて、随分な甘えなのではないか。私は自ら体を起こした。起こしてからやっと、塚本美登里のことを思い出した。私は彼女の付き添いにきたのではなかったか。彼女は、どうしただろうか。

ゆっくり足を床に下ろし、立ち上がった。サンダルは綺麗《きれい》にそろえられている。かかとの部分を踏むようにして履き、点滴を持って、そろりそろりと歩いた。バッグは枕元《まくらもと》にある籠《かご》に入れられている。中から財布を取り出し、部屋を出た。きゅ、きゅ、きゅ、と点滴をつけたカートが、ヒステリックな音を立てる。

「あら！」

部屋を出た途端、年輩の看護師が、私に気付いた。

「起きた？　大丈夫？」

母親のような口ぶりだ。足指に包帯を巻いてくれたのも、この人だろうか。私は甘やかされた子供のような気持ちになった。

「はい。すみません、あの、私。」

「倒れたんだよ待合室で、どーん、て。大丈夫？　前に倒れたから、たんこぶ、痛いでしょう。その痣《あざ》、降りてくるよ。」

言われて初めて、額がずきずきと痛んだ。手をやると、本当だ、大きなこぶが出来ている。痣も出来ているのか。鏡を見るのが、怖かった。あれ以上、不細工になるというのか。

「あなた痩《や》せすぎ、ダイエット？　付き添いのほうがふらふらって。」

「あ、あの。塚本さんは？」

「あの子は、違う病室にいるよ。会う？」

塚本美登里のことを「あの子」という看護師に、私はますます、頼もしさを覚えた。

「会います。あの、彼女、大丈夫でしたか。鼻。」

「折れてた。」

「そうですか。じゃあ、入院？」

「ちょっと休んだら帰れるよ。自然に治るのを待つから。ガーゼを詰めて、しばらく鼻を固めるから、女の子だし、ちょっと可哀想《かわいそう》だね！」

「ええ。」

「あなた、お友達？　あの子の。」

「友達、ええ、はい。」

「あの子、殴られたの？」

なんて答えればいいのか、分からなかった。塚本美登里は、私のことを、どう説明したのだろうか。

「あの、すみません。喉が渇いて。」

「ああ、お水？　飲む？」

「大丈夫です。自販機で買うので。」

「そう。歩ける？」

彼女はてきぱきとしていた。後ろを数人の若い看護師が通ったが、今この場所では、疲れた若い看護師たちよりも、私の目の前にいる彼女が一番、生きていることにまっとうな人間に見えた。生き生きと、輝いていた。名札には、『笹山《ささやま》』と、書いてある。

「歩けます。」

「友達は316号室ね。個室がいいって言うから。あなたのいるのは二階。エレベーターはあっち。分かる？　大丈夫？」

「はい。ありがとうございます。」

「彼女何も喋《しゃべ》らないの。殴られたんでしょう。ことがことだったら、こっちもやらなくちゃいけないことが、あるから。」

『笹山』さんは、私の目をじっと見た。糾弾するような視線ではなかったが、私は自分が取り返しのつかないことをしてしまったような気分になった。

「私は、何も知らないんです。」

いまさらながら、ひとりでいる瀬田を思った。瀬田に会いたかった。

自販機でカルピスを買った。口に含むと、美味《おい》しさのあまり、気が遠くなる。ごく、ごく、と、私は結局それを一息で飲んでしまい、またスポーツドリンクを買った。今度は、半分まで飲む。何も入っていない胃が、ごごご、と悲鳴をあげた。

エレベーターを待っている間に、やっと時計をみつけた。六時半だった。朝だ。

ここに来たのが夜中の二時頃だったから、四時間ほど眠ったのだ。たったそれだけの時間なのに、随分と長く眠っていたような気がした。そしていまさらになって、仕事を休み続けていることに罪悪感を感じた。社会から完全に置いてきぼりを食っている、私は本当にポンコツだ。

エレベーターが来たが、ふと思い出し、トイレに行った。『笹山』さんが言った痣が、どれほどのものか見たかったのだ。

鏡を見て、あ、と声をあげた。左目の上にある痣は、思っていたよりも大きく、深くて暗い、青色をしている。ぼこ、と出っ張ったこぶも、予想以上の大きさだった。みにくい、と声に出した。

不細工になることを恐れていたが、今の私の気分では、「こういう」顔でいるほうが、しっくりきた。自分が自分に戻ったような気持ちだった。私は軽く手を洗い、トイレを出た。

エレベーターの暗い灯りが、点滴を照らす。

ぽた、ぽた、と落ちる液体は、透明なのに、血液みたいだ。

３１６号室の扉は閉じられていたが、扉についているガラス窓から、中を覗《のぞ》くことは出来た。

窓際《まどぎわ》に置かれたベッドは、天井からつるしたカーテンに半分隠されている。暑いのか、塚本美登里の投げ出された足が見えた。私のように足指に包帯は巻いていないが、骨みたいに真っ白い足裏が、絵画のように、静止している。

ノックをしたら、はい、と返事があった。両足が奥に引っ込む。扉を開けたが、なんて言っていいのか分からなかったので、入ります、と、告げた。

塚本美登里は、足を抱え込むようにして、ベッドに座っていた。鼻にガーゼをつけている。目の下にも、ガーゼを貼《は》っていて、血だらけで座っていた数時間前よりも「被害者」という様相だった。

「おはようございます。」

咄嗟《とっさ》にそう言ったが、その響きのおかしさに気付き、恥ずかしくなった。

「おはようございます。」

塚本美登里は、笑ってくれた。が、私に警戒しているのは分かった。

「昨日、ああ、もう、今日のことですね。すみませんでした。」

「いいえ。大丈夫ですか。」

塚本美登里は、私の質問の意味をはかりかねている、というような表情をした。

「あの、鼻、痛くないですか。」

私がもう一度そう聞くと、

「ああ、折れてるんですって。」

と答えた。そして、私に座ってくれ、という身振りをした。

「訴えようと思います。」

え、と言った私を、塚本美登里はまっすぐに見た。それは、教師が生徒を諭すような視線だった。つい数時間前まであんな狂態を見せていた人とは、とても思えなかった。

「瀬田を。」

「はい。」

私は、何も言えなかった。瀬田と塚本美登里の関係がどういうものであるのかも、正直分からなかったし、この状況で私が瀬田をかばうのも、どうかと思った。

彼女には彼女にしか分からない道理があるのだろう。瀬田にしかわからない道理があるのと同じように。

黙っている私を、塚本美登里は試すように見た。

「反対されないんですか。」

少し、笑っているようにも見えた。

「はい。だって、ふたりのことやし。」

塚本美登里は、思いがけないことを言われた、というような顔をした。

「瀬田君は、あなたのことをよく話していました。あなたがどんな話をしたかとか、あなたの絵のことは話すのだけど、結局あなたのことで知っていることは何もない、て言ってました。自分のことも、あなたは何も知らないから、それがいい、て。」

たくさんの猫に囲まれた瀬田を、思い浮かべた。

私は、本当に、瀬田の、何もかもを知らなかった。瀬田は、私の前にいる、「瀬田」でしかなかった。

私が瀬田に自分のことを話さないのは、そんな話をする必要がないくらい、瀬田といて、ただただ心地がいいからだ。瀬田は、私が何を話しても、何を話さないでいても、フラットな反応を返した。それはある意味の無気力であり、私への興味のなさの現れでもあったが、同時に、瀬田の途方もない優しさをあらわしてもいた。『間島昭史』が瀬田の親友でいるのも、瀬田のその優しさを、徹底的に信じているからだろう。彼は、中途半端《はんぱ》な人間関係を、誰よりも恐れるからだ。

　彼は、私との関係性を築くのは怖くない、と言った。今なら分かる。それは半分本当で、半分は「希望」だったのだ。結局私は、彼を「恋人」から「剝《は》がす」ことは出来なかったし、今となっては、それが彼が望んでいたことなのかも、分からない。罪悪感にかられながらも、彼は、恋人のことを、本当に好きだと、本当に本当に好きなのだと、言ったではないか。

「私と瀬田君の話を、聞いてもらってもいいですか。」

　塚本美登里の顔に当てられたガーゼは、白かった。肌に馴染《なじ》まないそれを見て、あぁ彼女は生きているのだ、と、当たり前のことを思った。

「はい、よければ。」

「私は、ギャラリーの経営をしています。」

「知ってます。お会いしましたもんね。二回？」

「はい。初めてあなたが来たとき、瀬田君と一緒に来たでしょう。雨の中。ふたりともずぶぬれだったのもあるけれど、とても親しげで、親密だから、あなたも瀬田君のガールフレンドだと思ったんです。」

「私、も？」

「はい。瀬田君には、ガールフレンドがたくさんいるんです。まじまくんの個展のときに来てた女の子たち。もちろん、まじまくんのファンもたくさんいたけれど。」

「そうなんや。」

「夏目さんは、本当に瀬田君のこと、何も知らないんですね。」

塚本美登里は、笑った。

「知らないです。あの、瀬田はモテるやろうな、とは思ってたけど。」

「そう、瀬田君の。そのうちのひとりなんです、私も。ガール、という年齢ではないけれど。」

目を伏せた塚本美登里を見ていていいのかはかりかねた。目を逸《そ》らしてあげたほうがいいのではないか。でも、結局私は、はっきりと彼女を見た。

「だからあの日は、店の中の雰囲気が、とんでもないことになっていたんですよ。みんなギラギラして。わたしの瀬田君、わたしの瀬田君、ていう空気が。そこら中に。」

「そうなんや。私は全然、」

「気付かなかったですか？」

「はい。」

「あなたのことが、すごく、うらやましい。」

塚本美登里が、私が瀬田を取り巻く女たちの渦中《かちゅう》にいないことをうらやんでいるのか、それ以外のことでうらやんでいるのかは、分からなかった。

「瀬田君のガールフレンドは、みんな、若かったり、綺麗《きれい》だったり、才能があったりするのだけれど、その中には、誰もお金を持っている人はいないんです。だから私は、その部分だけ、それだけで、みんなと違うのだと思っていました。そう思わないとやっていけないというか。あの店と資産を持っているということで、瀬田君は絶対に私から離れていかないだろうと、思っていたから。」

「あの、まじまさんの個展も、無料でやらせてもらったって、それは。」

「まじまくんの絵は好きです。素晴らしいと思います。だけど、どこかで、瀬田君の気を惹《ひ》きたかったというのもあったの。瀬田君はまじまくんのことが本当に好きだから、喜んでくれるかと。最低ですね。最低だ、と思いながら、でも、瀬田君が喜んでくれたら、自己嫌悪《けんお》なんて、吹っ飛んでしまうから。」

塚本美登里は自嘲《じちょう》気味に笑ったが、肩が僅《わず》かに震えているのを、私は見逃さなかった。

「瀬田君にガールフレンドがたくさんいることも知っていたし、その中で私は一番ではないということも分かっているんです。出会った頃から。この人は私のことを絶対に愛さないだろうという、強い予感だけがありました。」

私が『間島昭史』に会ったときに感じたことを、この人も思っていたのだ。化粧をしていない彼女の顔は、青く見えるほど、白かった。

「最初は、瀬田君はギャラリーに売り込みに来た女の子に付き添って来たんです。その女の子も写真家で、ふたりが入ってきてすぐに、その子が瀬田君のことを好きなこと、瀬田君はその子のことを全然好きではないこと、そして、そのことに女の子が気付いていることも、分かりました。女の子はそれでもいい、と思ってることも。好かれなくてもいいから、一分でも一秒でもこの男の子のそばにいたいのだと思っている、そういう表情をしていました。危ない、と思った。瀬田君のような男の子は、危ない。私だって若くはないから、そういう男の子たちの危険さや、そういう男の子たちにはまって抜け出せなくなる女の地獄も分かっているんです。私は、一度離婚しています。お金のこともあるし、世間一般の離婚くらいには、きちんともめて、疲弊して、もうこりごりだ、恋愛において、どんな綺麗な、きらきらした時期があっても、終焉《しゅうえん》は暗く、醜いと、思っていました。特に、瀬田君のような男の子との関係は、終焉までも地獄だし、終焉の予感も、終焉の瞬間も、地獄なんです。」

「はい。」

「最初は、本当にただ純粋に、彼に惹かれました。いい顔をしていると思った。不遜《ふそん》だったんです、すべてにおいて。馬鹿《ばか》にしているのとも違う、何かに小さく腹を立てているような顔をしていて、私は瀬田君よりうんと年上だし、それを面白いと思った。私から声をかけました。あなたも写真をやっているなら、見せてほしい、と。離婚で、感情的になることにこりごりしていたし、恋愛から遠く離れたところにいたかった。なんていうか、彼のよき相談相手になりたいと思ったんです。色恋から引退した婆《ばあ》さんのような気持ちで、彼の近くにいたかった。今思うと、それははっきりとした恋だったんですね。それに気付かないふりをして、結局、狡猾《こうかつ》なやり方で、私は、彼に近づいただけだった。」

塚本美登里は、自分の足を撫《な》でていた。ガーゼを貼った顔や、擦り傷のある手よりも、いたわらなくてはならないものがその両足であるような、そんな撫で方だった。

「彼は、水みたいでした。こちらが思う通りに動きました。会いたいといえば会ってくれたし、助けて欲しいといえば助けてくれた。だからといって、与《くみ》しやすいのとは違いました。まったく。水の中に手を入れれば、その形に添うし、斜めにすれば、さあっと流れていくけれど、水の中では決して息が出来ない。彼といると、彼を自由に出来る分、私は不自由でした。ずっと。つまり彼は、やっぱり、私のことなんて、微《み》塵《じん》も愛してはいなかったんです。そんなこと、始まる前から分かっていたことなのに。危ない、と思った私の予感は、悲しいくらいに当たっていたのに。私は彼から離れられませんでした。息が出来ないことは承知で、どんどん深みに潜っていった。そんな私を、彼は止めませんでしたし、彼の周りには、『そういう』女がたくさんいて、彼自身、麻痺《まひ》していたのだと思います。どうして自分の周りにそういう女が集まるのか、自覚がなかった。その無自覚が、彼の罪だったし、何よりの魅力だったのです。」

塚本美登里は、瀬田を「訴える」と言ったことを覚えているのだろうか。彼女は瀬田のことを、宝物を見せてくれるときのような表情で話している。

「夏目さん。あなたが、」

急に名前を呼ばれて、驚いた。話はきちんと聞いていたが、私はさきほどから、この部屋の部外者であるような気がしていたのだ。

「瀬田君のあんな近くにいて、それでも瀬田君を好きにならなかったことが、私は本当にうらやましい。馬鹿みたいだけれど、彼の近くにいて、彼の存在をはっきり把握しながら、それでも彼を好きにならない女の人がいることが、信じられないの。本当に、馬鹿みたいだけれど。」

「阿呆《あほ》やありません。」

本当に、そう思った。彼女は聡《さと》く、とことんまで理性的な人だ。その彼女が今、顔中にガーゼをつけ、足を何度も何度も撫でながら、私に、どうして瀬田を好きにならないのか、と、問うている。自分を殴った男のことを。

「全然、阿呆やないわ。」

「私、馬鹿って言ったのだけど。」

「あ、馬鹿やありません。阿呆でも、ボケでもない。」

塚本美登里は、微《かす》かに笑った。

「瀬田君に、一度でいいから、私のことで感情的になってほしかったんです、きっと。だから、殴られたときはどこかでほっとした。嬉《うれ》しかった。彼は、私の存在だけは把握していたのだな、て。彼はあまりに、私に興味がなかった。私の言う通りにしてくれたけれど、でも、決して私のものにはならなかった。」

「それで、猫を。」

「猫、ふふふ、猫。猫だけなんです、瀬田君が唯一《ゆいいつ》、心を揺さぶられる存在が。彼の写真、見たことありますか。仕事以外の写真。」

「いえ。」

ここまで瀬田のことを知らない自分が、とことん恥ずかしくなった。

瀬田は私の絵を好きだと言ってくれたのに、私は瀬田の個人的な作品を、見せてくれとも、言わなかった。

「猫の写真ばっかり。それもね、全然、良くないの。感情が入りすぎているんですね、きっと。グラビア写真みたいなものもあれば、本当におそまつなスナップ写真みたいなものもあって。我を忘れて撮っているということだけは伝わるのだけど、それだけ。それに彼は、その写真を公表しようだとか、それこそ私のギャラリーを使って展示しようだとか、少しも考えていませんでした。」

「ほんまに、猫だらけで、あんな飼っているなんて知らんかったから、驚きました。」

「彼の部屋に入った女が何人いるかは分からないけれど、みんな、驚いたでしょうね。彼は私に一度も強制や命令をしなかったけれど、部屋に行きたい、と言った私に一言だけ、猫に触らないでください、と。それだけ。それは守るから、触らないから、と言ったら、簡単に入れてくれたの。彼って、とても素直なところがあって。あっさり人を信用するんですよ。それとも、端《はな》から信用していないのかもしれませんね。でも、猫といるとき、彼は笑うから、心から笑うから、それが私に向けられた笑顔でなくても、嬉《うれ》しかったんです。初めは。」

「はい。」

「でも、途中から怖くなってきた。彼はあまりに猫に没頭しすぎていて、時々、猫を、恋人のように扱うときがあるんです。そういうとき、私は、まったく彼の思考の範囲から消えていて、それこそ、そこにいないような扱いをされます。それは、私に対しての意地悪心からではない。まったく、無意識なんです、だから、私はなおさら悲しかった。部屋に入った女は数人もいないだろう、と、卑《いや》しい優越感を持つこともあったし、部屋に他の女の痕跡《こんせき》はないか、気が狂ったように探したこともあったけれど、そんな私には、彼は、まったく、まったく、かまわなかった。」

瀬田からは、「すまん」というメールが来たきりだった。もう眠っただろうか。それとも、まだ猫たちに、触れているのだろうか。

「彼の感情の琴線に触れたかった。いつか、彼の周囲にいる女の誰かが、気がふれたみたいになって、彼に危害を加えてくれないか、と考えたこともありました。そして、傷つけられた彼が、最初に逃げてくるのが、私のところであればいい、と、思っていました。そうであるために、私は他の女と違うのだということを、一生懸命訴えかけていた。不潔でした。私はあなたの理解者なのよ、というフリをしていた。彼はそんな私に、洟《はな》もひっかけなかったけれど、だからこそ私以外の誰かに、彼を傷つけてほしかった。でも結局、それは私だったんですね。彼の、大切な猫を苛《いじ》めた。瀬田君の前で、耳を引っ張ったんですよ。そんな、強い力じゃなかったけれど。」

「それが、瀬田に危害を加えたということになるんですか。殴られんとあかんほどの？」

「瀬田君を見ていたら、わかるでしょう。彼を唯一動かすのが猫なの。今思うと、私が彼を殴ろうが、刺そうが、彼は怒らなかったかもしれません。彼は、怒るということから本当に遠い人だったから。でも、猫はだめ。撫でるだけでも、止められたんですよ。猫のほうから私に寄ってきても、駄目なの。私に近づいて来たら、すうっとその猫を抱き上げるの。でも、あれだけの数の猫でしょう。ひっきりなしに近づいてくるから、彼は忙しそうでしたよ。そんな状況で、私を家に入れることがおかしいですよね。でも、彼は、私が入れて、と言ったから入れるのよ。それは断らないんです。でも、猫に触ってほしくない。それだけ。おかしなところなんて、彼の中で、何もないんですよ。」

泣いているのだろうか。塚本美登里は小さく咳《せき》をした。涙は見せなかったが、彼女の肩はやはり、微かに震えていた。

「これ、塚本さんのんですか。どうぞ。」

棚に置いてあったペットボトルの水を渡した。塚本美登里は礼を言い、それを飲んだ。

「私ね、」

話すときは、じっと私の目を見て話していた彼女だったが、そう言ったあと、恥ずかしそうに目を伏せた。

「あの店、『16』を始めたときは、本当に、本当に、希望に満ちていたんです。」

叱《しか》られた子供が、言い訳をするようなくちぶりだった。

私は彼女に断って、自分も水を少しもらった。その一口で、随分前から彼女のことを知っているような、親密な気持ちになった。

「前の夫が収入のある人で、つまらない話、女を作って出て行ったものだから、慰謝料をもらって、マンションも、もらって、そのお金で、始めたんです。結婚当初までキュレーターのアシスタントをしていたこともあったので。ほとんど素人《しろうと》ですけれど。離婚してしばらくは、精神的にも肉体的にも参ってしまっていて、家から出なくて、それじゃいけないからって、友人がある展覧会に誘ってくれたんです。アウトサイダーアートの展覧会で、アウトサイダーアートの中でも、本当に無名の、世に知られていない人たちの作品を集めたもので。友人がどうして私をそれに誘ってくれたのかは、分からなかったのだけど、一生懸命私を元気づけてくれようとしている彼女の気持ちがわかって、それで、ほとんど無理をして行きました。作品は、どれも面白かった、素晴らしかった。でも、私はずっと心ここにあらずで、少しでも気を抜くと座り込みたくなったり、涙が出てきたり、一言で言うと、情緒不安定で。でも、ある絵を見て、はっとして。はっとした、というより、圧倒されたんです。メキシコの女の子が描いた絵だったのだけど、恐らく自分の母親を描いたもので。ピンク色のドレスを着て、緑色の帽子をかぶって、ちょっと呆然《ぼうぜん》とした笑顔の、母親の絵で、私、それを見て、美しい、美しい、て、思って。自分が悩んでいたことや、夫や、夫の新しい恋人への憎悪《ぞうお》や、自分自身への自己嫌悪や、そういうものが本当に、ぱーっと霧が晴れたようになって、お腹《なか》の底のほうから、生きる希望、というのですか。とても清潔な欲望がふつふつと湧《わ》きあがってきて、ああ私は大丈夫だ、て思えたの。震えて、涙が出て、友達が、驚くくらいの。私は。」

塚本美登里は、今目の前に、その絵があるように、そしてその絵に触れているように、手を伸ばした。ピンク、緑。指で、色を辿《たど》っていた。

「私はそのとき、信じようと思ったんです。何かを、ではなく、こうやって、美しいものを見て泣いた自分を、信じよう、て。」

差し出した指をぎゅっと握って、彼女はそれを、大切なもののように、唇につけた。

「それで、本当に、自分がいい、これは好きだ、と思ったものだけを選んで、今の流行とか、売れるとか、そういうことを抜きにして、店に置こうと思ったんです。素人だから、ギャラリー、なんて偉そうなこと言えないけれど、私は自分の、あの、生きる希望が湧いた、本当に純粋なあの瞬間を覚えておこう、と思いました。信じよう、信じた自分を忘れないでおこう、て。私をあれだけ動物的な慶《よろこ》びの高みまでつれていってくれたものに、私は触れていこうと思ったんです。自分が表現者になれないのであれば、せめてその手助けがしたいと思いました。あのとき私が感じた透明な気持ちを、誰かが感じてくれたら、と、本当に、本当にまっすぐ思っていたんです。」

『間島昭史』の絵を見たときの高揚を、私も思い出した。私はあのとき、ただただ、すごい、すごい、と思っただけだったが、その思いはそのまま私のからだの、深い部分をはっきり動かした。それはきっと、塚本美登里が感じたような、清潔な、生きたいという欲望だったのだ。

「私、まじまさんの絵、ほんまに好き。」

思わず、そう言ってしまった。私は彼を失ったのだ、という暗澹《あんたん》たる思いから離れて、その感動はまだ胸中にあった。白い絵。白い富士山。すう、と、健やかに伸びた稜線《りょうせん》。

「そうですね。私も、大好きです。まじまくんの絵。率直さ、シャイネスと、品。」

『間島昭史』の絵を、たった三言で言ってしまった塚本美登里を、私は頼もしく思った。でもやはり、私の中の彼の絵は、言葉とは違うところにあった。彼女が言った三言は、限りなく『間島昭史』の絵を「なぞって」いるが、決して追い付かなかった。

彼の絵は、言葉とは大きく離れた場所に、厳然としてあった。

白く輝いていた。

「まじまくんの展覧会は、本当に素晴らしかったと思います。本当に。でも、私は来場する女の子たちを見て、どの子が瀬田君のガールフレンドで、どの子がそうじゃないか、ガールフレンドだったら、どれくらい大切にされている女の子なのか。そんなことを考えてばかりでした。まじまくんの絵を、私は本当に、本当に、好きなのに。」

昏にあてた手を、彼女は今度は、胸に当てた。言葉に出さずとも、苦しい、と、それは私に訴えかけてきた。

「瀬田君を最初に連れてきた女の子も、うちで個展をやらせてくれ、と言ってくれたんです。私は瀬田君のことがあるから、その子の写真を、純粋な目で見ることが出来なかった。素晴らしい写真だったかもしれない。でも、まっすぐな気持ちで見ることが、どうしても出来なかった。私の醜い心が、それを邪魔してしまった。もう、それからは、彼女自身に対して、うがったものの考え方をするようになってしまいました。芸術家ぶって、とか、所詮《しょせん》人の気を惹《ひ》きたい、俗な自己顕示なのだ、と。私には、あんな店をやっている資格はありません。たった数年前に思った、清潔な、芸術に対峙《たいじ》する感動を、ひとりの男の子に思いを寄せただけで、失ってしまった。すっかり。」

「すっかり失ってしまったのとは違うんやないですか。私は、塚本さんのことを、きちんと知らんけど、でも、すっかり、失ってしまったはずはないと思う。」

「夏目さんも、絵を描かれるんでしょう。」

「はい。」

「とてもいい絵だと、てらいのない、正直な絵だと、瀬田君が言っていました。私はそのとき、絶対にあなたの絵を見たくないと思っていた。私は必ずあなたに嫉妬《しっと》するだろうし、あなたの絵を、いいとは思わないだろうって、そう思っていました。でも、今あなたに会って、助けてもらって、こうやって真摯《しんし》に話を聞いてもらったら、もう、あなたのことを、いい人だと、信頼に値する人だと思って、私はきっと、あなたの絵を好きになるだろうと思うんです。そんなの、おかしいでしょう。」

「おかしいかな。私には、よく、わかりません。」

塚本美登里は、本当に真面目《まじめ》な人なのだろう、と思った。自分に課しているものが大きいから、悩み、苦しむのだ。

「私は結局、自分にとって都合のいい人の作品を良く思って、嫌な人の作品は、価値がないと思う、その程度の人間なんですよ。そして、そういう人は、たくさんいると思うんです。あなたたちのような、芸術家には、分からないでしょうけれど。」

恥ずかしいのだろうか。塚本美登里は、好戦的な話し方をした。その様子を見て、私も腹をくくらなければならない、と思った。

「芸術家というのが、どういうものかしらんけど、」

一言発すると、思いがけず、言いたいことが、次々に口をついて出た。

「例えば、私も、絵を描いてるけど、やっぱり、好きな人の描く絵は、好きです。逆もあって、好きな絵を描いた人やから、好きになることもあります。勝手に絵に人柄を付加したり、人柄に才能を付加したりしてしまうんです。でも、見たことも、会ったこともない人の作品に、強く心を打たれることもあるでしょう。塚本さんが見た、そのメキシコの女の子の絵のように。その子は、めっちゃ嫌な奴《やつ》かもしれんし、実際に会ったら塚本さんにとって、災いをもたらす人かもしれん。でも、そういうところから離れて、根底からさらわれるものがある。」

「分かります、それは。でも、私の店に持ち込まれる作品に関して、私のエゴで良し悪《あ》しを決めてしまうことに、恐怖を感じるんです。大袈裟《おおげさ》だけど、その絵や作品の将来を決める立場にある私が、自分の完全な主観、エゴで決めてしまうことに、羞恥《しゅうち》を覚えます。」

「でも、それはあなたが最初に決めたことやねんから、それでいいと思うんです。お店を開くときに、自分の好きなものだけ選ぼうって、決めたんでしょう。あなたはただ、何かを選んで、何かを選ばなかったことに、自身で責任を負わなければいけない。自分が、決めたんやって、それが自分の意見なんやって、揺らがず、思ってんとあかん。それだけを、強く持っていればいいと思うんです。」

「でも、恋愛をそこに持ち込むなんて、あまりにもエゴが。」

「描くことかって、究極のエゴです。筆を置く瞬間は、見てほしい、という願望からさえも離れているんです。ただ描きたい、と思って、描くんです。失恋の痛手を武器に、描くことだってあるし、嫉妬を糧《かて》にして描くことだってあります。ほとんど吐き出すときもある、本当に、一方的な作業なんです。でもそれが、作品として完成して、人の目に触れたときに、見る人のエゴによって、こちらのエゴを相殺《そうさい》してくれたりする。塚本さんのエゴは、必要なんです。それに、あなたは、それをエゴだと、きちんと言ってるからいいと思うんです。自分のエゴにおいて、私はこの作品を好き、私はこの作品を嫌い、て。エゴなんて微塵《みじん》もないふり、これは一般的な意見なのだ、という顔をして、作品を批評する人より、全然立派やと思うんです。」

「見る人がいて、初めて作品が完成するということですか。」

「いいえ、作品は、作品を自分が仕上げた時点で完成しているんです。人に見られる時点で、それは『成功』なんやと思います。嫌いだと思われても、一目見られた後一生誰にも見られなくても、自分以外の誰かが、自分の作品を観《み》た、という時点で、その作品は成功しているんやと思います。成功、という言葉が、正しいかどうか分からんけど、私は今きっと、『それ』に近い言葉を、言っているだけなのかもしれんけど。」

『間島昭史』なら、こんなことはないだろう、と思った。成功、ではない。それに当てはまる言葉がない。ならば、その事実に責任を取って、分からない、と、言うだろう。

私は、彼の腕を強く掴《つか》んだことを思い出した。その力は、まだ、私の手の中にあった。

「塚本さんは今、瀬田のことがあるから、女の子の作品を、私の作品を、素直に見れない、と言ったけど、私の作品も、女の子の作品も、変わらんのんです。完成した時点から、それはずっと変わらん。赤が嫌いなときに見る赤と、赤が大好きなときに見る赤は、全然違って見えるけど、赤そのものは、ずっと赤なんです。赤であり続けるだけ。見る人によって、それがまったく違う赤になるというだけで。」

「作品に罪はない、ということですか。」

「全部の罪をかぶる、ともいえます。あと、」

「はい。」

「瀬田の写真は、全然よくないんですよね。」

「はい。」

塚本美登里は、恥ずかしそうに笑った。

「好きとか嫌いとか、エゴだとかに関係なく、あかんもんはあかん。」

「そうですね。」

「だから、好きとか嫌いとか、エゴやとか関係なしに、すごいものは、すごいんです。さあっと、さらっていくんです。私たちは、結局、そういうものを作らないといけないんです。塚本さんのような人たちが、正直な人たちが、作者のことは嫌いやけど、作品からは、もう、ずっとずっと目が離せない、と言うような。心から。あと、嘘《うそ》つきの人たちの、その心をも、わあ、と、さらうような。」

「ふふふ。」

「おかしいですか。」

「芸術家っぽい。」

「喧嘩《けんか》売ってはるのん。」

「まさか。」

「うちも、恥ずかしい、こんなん言うて。」

「ふふふ。」

好戦的だったさきほどとは打って変わって、塚本美登里は、少女のように笑った。顔中にガーゼを当てた女と、点滴を打ちながら大きな痣《あざ》を作っている女が、病室で話すような話ではない。挙句、自分こそ、そういう決意から、いつも逃げていたではないか。楽しいからそれでいい、と、絵が描ければそれでいいのだ、と言い訳をして、逃げていたではないか。

「おかしいですよね。なんか私、偉そうに喋《しゃべ》って。べらべら。恥ずかしい。」

「ちっとも偉そうなんかじゃありません。すごく、納得しました。」

「ほんま。」

「はい、とても。」

「めっちゃ恥ずかしいですね。」

「そういう話を、瀬田君としたことはありますか。」

「ないです。全然。私達、いつも何話してたんやろう。」

「やっぱり、うらやましいです。夏目さんが。私もいつか、瀬田君への想《おも》いから逃れることはできるのでしょうか。恋慕とはまったく離れたところに立って、瀬田君をちゃんと見ることができるのでしょうか。」

「わかりません。」

正直であろうと思った。塚本美登里は、瀬田のことで一生傷ついていくのかもしれない。未来永劫《えいごう》、逃れられないかもしれない。中途半端《はんぱ》な慰めは、今この人に、必要ないだろう。私は自分の言うことに、責めを負おう。

「瀬田の、どういうところが好きなんですか。」

私がそう聞くと、塚本美登里は、はっとした顔をした。

「どういうところ。考えたこともなかった。」

私もそうだ。『間島昭史』のどこが好きなのだ、と聞かれたら、『間島昭史』が好きなのだ、としか、答えられない。彼だから、惹《ひ》かれたのだ。

それは、もしかしたら心をさらう作品に触れたときと、同じなのかもしれない。理由がない。まったく。ただただ、対峙していると、触れたい、と、思うだけだ。それだけ、恋は、圧倒的なものなのだ。

「瀬田君に会ったときから、きっと、もう、好きだったから。」

塚本美登里は今、夢見心地でベッドに座っている。

「瀬田君は、本当に、いびつです。」

いびつ、と言った彼女の唇が、甘く閉じられる。

地獄だ、と言った彼女はそれでも、そこから離れたがっていなかった。彼女はいつまでも、「瀬田」に没頭していたがった。瀬田に作られた傷を、瀬田に折られた鼻をさえ、塚本美登里は、慈《いつく》しんでいるように見えた。

私は、彼女をうらやましく思った。部屋に帰りたかった。自分の部屋。『間島昭史』のにおいが、影が、そこらじゅうを支配している部屋に帰りたかった。彼の腕を折ろうとした私だったが、彼に腕を折ってもらったほうが、いつまでも彼を感じていられたのに、と、思った。塚本美登里のように、折れた腕を慈しみながら、彼がそこにいたのだという徴《しるし》を、体に焼き付けられたのに。

ひとりで大丈夫か、と念を押すと、塚本美登里は笑った。気持ちが変わらないうちに、訴訟の準備をする、と言った。それでも彼女は笑っている。瀬田のことを好きだと言って、笑っているのだ。

部屋を出るとき、『16』はどういう意味なのか、と聞いた。

それは、塚本美登里が胸を打たれた、あのメキシコ人の少女が死んだ年齢だった。

「全身の筋肉が萎縮《いしゅく》していく病気だったそうです。最後には、心臓まで。彼女は恋愛を知らないまま、十六歳のある日、最後に、母親の絵を描いて、死んだんです。」

私はそのとき、その絵をはっきり見た。

緑色の帽子。ピンクのドレス。娘の死期を知り、途方にくれながら、それでも笑っている、母の絵を。

点滴を終え、病院を出たのは、ちょうど出勤ラッシュが一段落した頃だった。

点滴の影響か、それとも、額を強く打ったせいか、電車の窓に映る自分の顔は、随分むくんでいた。腫《は》れたまぶた、大きなコブ、むくみ、不細工の三重苦である。みにくい、と、もう一度声を出したが、乗客の誰も、私にかまわなかった。車両に乗り込んでくる数人が、ちらりと私の痣を見たが、それだけだった。私はのっぺらぼうのまま、東中野を目指した。

駅に着いて、瀬田に電話をかけた。さすがに眠っているだろうと思ったし、そうであったなら、喫茶店に入っていつまでも瀬田が起きるのを待とう、と思っていたが、予想に反して、瀬田はすぐに電話に出た。

「もしもし。」

「瀬田、今駅におるんやけど。家行ってもいい。」

「夏目ひとりなん。」

「誰か女の人が、おるの。」

「おらんよ。もう、道分かるん。」

「うん。分かるで。」

瀬田の声は、寝起きの声とも思えなかった。

瀬田が何も食べていないだろうと思い、コンビニで蕎麦《そば》と梅干のおにぎりと、ペットボトルの緑茶を買った。

歩き出すと、足元を僅《わず》かな風が通り過ぎたが、背中にべっとりとかいた汗が、乾くはずもなかった。夏の盛り、数週間も風呂《ふろ》に入らない自分の体臭に、いまさらながら電車の乗客が無頓着《むとんじゃく》だったことを思い出す。

玄関を開けると、

「気をつけて。」

と言われた。瀬田の顔つきや視線で、猫が外に出ないように気をつけて、と言っているのだと理解した。私はすばやく扉を閉め、足元に集まってくる猫たちを踏みつけないように注意した。数匹の猫たちが、にゃあ、と鳴いた。

「殴られたん。」

「え。」

瀬田が、私の顔を見て、面白そうに笑っている。

「ああ、これ。貧血になって倒れてん。付き添いで行ったのに、私が点滴してもろて帰ってきた。」

病室を出るとき、『笹山』さんとすれ違ったことを思い出した。『笹山』さんは、

「あなた、ちゃんと食べなよ！」

と、ほとんど怒っているようにそう言った。教師のような口ぶりだったが、やはり嬉《うれ》しかった。『笹山』さんは、清潔な生命の、塊のような人だ。

「塚本さん、鼻の骨が折れてるって。」

「そうなんや。俺、だいぶ強くやったから。」

「座ってもええ？」

「うん。」

私は瀬田の対面に座った。座った途端、猫たちが次々に私に挨拶《あいさつ》をしにきたが、私は彼女らに、触らないように努めた。ふわふわと柔らかい彼女らに、本当は触れたかったのだが。

「塚本さんに聞いたん。」

「何を。」

「猫に触るな、ていうこと。」

「うん。触らんようにするわ、殴られたらかなんし。」

「夏目は殴らんよ。」

瀬田は、私をじっと見ていた。予想に反して、とても寛《くつろ》いだ表情をしている。数時間前に女の鼻を折れるほど強く殴った男だとは、到底思えなかった。

「ありがとう。」

私は、膝《ひざ》に座ってきたブチ猫の背中を撫《な》でた。猫はすぐに、ぐるぐるぐる、と気持ち良さそうな音を立てた。その音を聞いていると、なんだか感動してしまって、泣きそうになった。柔らかく、あたたかく、悪意から遠い、猫の丸い体。いつか公園で見た、満月のようだった。

「塚本さんに、うちの絵好きやって言うてくれたんやろ。瀬田。ありがとう。」

「いつも言うとるがな。」

「ありがとう。」

私は猫に触れられたことで、優しい気持ちになっていた。瀬田も、とても穏やかな表情をしていた。私たちは、意味もなく笑い合った。

「塚本さん、瀬田のこと訴える、て言うてたよ。」

「そうか。」

瀬田の表情は変わらなかった。右手で、真っ白い猫をずっと撫でている。目が見えないのだろうか。斜視の目が青白く、濁っていた。

「なんで、そんな強く殴ったん。」

「言うたやん、猫を苛《いじ》めたから。」

「耳を引っ張ったからやろ。聞いた。でも、そんなに強く殴らなあかんかったん。数ヶ月は、鼻を固定せなあかんて言うてたよ。」

「悪いことしたな。」

「瀬田。」

瀬田の手から、盲目の白猫がするりと抜け出した。あまりにも真っ白で、美しいから、瀬田から魂が抜け出たみたいに見えた。

「教えてよ。なんで殴ったんか。ほんまのこと。」

瀬田は、しばらくじっと、目を伏せていた。そんな表情の瀬田を見たのも初めてだったが、私は、瀬田の何を知っても、驚かない自信があった。私はそのとき初めて、瀬田のことを知りたいと思った。私の大切な友達。

「この猫は、」

瀬田の声は、少し乾いていた。

「俺だけのものやないから。俺の恋人の猫やから。」

盲目の猫は、瀬田のそばで、自分の体を熱心に舐《な》めている。

「どの猫。この、白い猫?」

「ちがう。ぜんぶ。全部の猫が、恋人の猫やねん。」

「恋人って?」

「俺の恋人。今どっかに行ってる。」

「どっかに行ってる? それは、人間なん?」

「何言うてん。人間に決まってるやろ。」

瀬田は私を見て、驚いたように笑った。私は瀬田の目を、じっと見つめた。すっと切れた傷のような細い目が、こちらを嬉しそうに見返す。

「どっか行ってるって？」

「わからん。どっか。ある日急におらんなった。」

「一緒に暮らしてたん？」

「そう。でも、おらんなった。」

「なんで。」

「わからん。手紙もなかったし、携帯電話もつながらんかった。」

空いた瀬田の手に、次は自分だ、と言わんばかりに、猫たちが集まってきた。でも、瀬田は不思議なことに、どの子も抱き上げなかったし、どの子にも触れなかった。

「いつくらいのはなし？」

「三年前くらい。」

「ずっと待ってんの？　瀬田は、その人のこと。」

「うん。待ってる。」

瀬田は、あどけない、子供のような顔をしていた。自分を捨てていった母親を、疑うことすらしない、子供の顔だ。未来は明るいと、信じて笑っている。

「待ってる。」

私は彼に何か食べさせようと思った。思い出して、コンビニの袋を開け、瀬田に蕎麦を見せた。食べるか、と聞くと、彼は、うん、と、素直に受け取った。

「最近の蕎麦って、麺《めん》をほぐす水みたいのがついてるやん。これ、何なんかな。」

「出汁《だし》、みたいなもんちゃうん。」

「そっか。親切やけど、ゴミが増える。不燃ゴミかこれは？」

「せやな。」

瀬田は、割り箸《ばし》で蕎麦をぐちゃぐちゃとかきまわした。面倒になったのか、わさびとつけつゆの袋も口で破り、蕎麦の上にかけて、混ぜた。

「美味《おい》しい？」

「うん。美味しい。ありがとう。」

「瀬田、その人がもし、一生帰ってこんかったら、どうすんの。」

瀬田は、蕎麦をすすりながら、難しい問題を聞かれた子供のような顔をした。

「わからん。死ぬか。猫もろとも。」

「死ぬの。」

「でも、一生帰ってこんかったってわかったってことは、俺も一生生きてたってことやんな。死んだ後に帰ってこられたら、たまらんな。」

瀬田は答がわかった、というように、笑った。

「この猫は、猫たちは、彼女と一緒に飼うてたん。」

「一匹だけ。その、部屋の隅にいる黒。」

「ああ、あの子。」

天井まで届いたキャットタワーの中段、他の猫より、ふっくらとした黒猫が、からだを丸めている。目をつむっているから、ここから見ると、ただの真っ黒い塊のように見える。

「恋人が出て行ったとき、その子も、家を出てん。クインて名前。」

「彼女が一緒に連れて行ったってこと？」

「ちがう。恋人が出て行った後、開いてた窓から、外に出て。」

「そうなんや。」

「俺、死のう思った。恋人もおらんなって、クインまでおらんなったから。」

「うん。」

「でも、帰ってきてん。発情期やったんや。外に出たがったのはそのせい。俺のとこから去ったんとちゃうねん。妊娠して、ちゃんと帰ってきてん。」

「そうなん。」

「俺そのとき、クインの子供を育てて、そして、その子も子供を産んで、その子らを育てていって、それをずっと繰り返したら、いつかクインが死んでも悲しないと思った。」

「それで、増えたん。」

「そう。」

「この猫たちの間で、増えていったん？」

「うん。」

「血が繋《つな》がった猫同士で、つがってるってこと。」

「そう。」

瀬田は私が持ってきた緑茶を飲んだ。

「この子たちは、だから、血が濃いねん。とても。」

「それって。」

「ひとりになりたない。」

瀬田は、口を拭《ぬぐ》った。涙を流していないが、泣いているのかもしれなかった。

「恋人が帰ってくるまで、猫は増やし続ける。クインには長生きしてもらいたいけど、でも、いつか死んでまう。それは分かってるから。」

「でも、恋人が帰ってこんかったら、どうするの。」

「帰ってこんかったら死ぬけど、さっきも言うたやん。俺が死んだ後に帰ってくるかもしらんから、死なん。わからん。」

「瀬田。」

瀬田も、圧倒的なものの、渦中《かちゅう》にいる。

折れた鼻に触れながら、瀬田君に会いたい、と言った、塚本美登里を、私は思い出した。猫たちは、あちこちで、すう、すう、と、健やかな寝息を立てている。たくさんの、血の繋がった猫たち。

「瀬田。」

「何。」

「まじまさんの恋人ってな。」

「うん。」

「知ってる？　たね違いやって。」

「うん。」

瀬田は、こともなげにそう言った。食べ終わった瀬田の、空いた手に、やっと次の猫がおさまった。白に黒い斑《まだら》のある猫だ。自分の臭《にお》いをつけようと、体を何度も何度も、瀬田にすりつける。

「すごく仲ええねん。ふたごみたい。全然、似てへんのやけど。」

瀬田は、満足げに、目を細めた。彼は死ぬまで、恋人が戻ってくるのを待つ。たくさんの、とても、血の濃い猫たちに囲まれて。

梅干は嫌いだから、と、瀬田はおにぎりを私に寄越した。一口食べて、吐いた。

私には、猫の臭いが、きつすぎたのだ。

瀬田に描いてもらった地図を持って、私は再び電車に乗った。

太陽はちょうど真上にある。冷房の効きすぎた車内で、私はますます汚れていく自分の体を思った。乗客はやはり、誰も私を見ない。

「縦に伸びる電車があれば、すぐなんやけどな。」

瀬田は、地図を描きながら、そう言った。ペンを動かす瀬田の手に、猫が何匹もまとわりついた。部屋の臭いは強烈なのに、どうして今まで瀬田からその臭いがしなかったのか、と私が聞くと、瀬田は、知らん、よく服を捨てるからか、と答えた。それだけが理由ではないだろうと、私は思った。

新宿まで出て、丸ノ内線に乗り換える。この地下鉄には、乗ったことがない。メモには、『中野坂上で乗り換え』と書かれてあり、その下に二重線が引かれている。

「丸ノ内線は中野坂上で二手に分かれてるからな。支線に乗り換えるんやで。」

ホームに入ってきた荻窪《おぎくぼ》行きに乗って、中野坂上で降りる。同じホームに方南町行きが停まっている。数人の乗客がそれに乗り換えると、待っていたように扉が閉まり、発車した。

「たぶん、誰かおると思うで。いつ行っても、鍵《かぎ》は開いてるから。」

塚本さんに訴えられたら、瀬田はどうするのだろうか。払うお金はあるのか。そして、お金を手にしたとき、塚本さんは、どうするのだろうか。私はぼんやりと、そんなことを考えながら、真っ暗な車窓を見ていた。

初めて降りる駅だ。

自分は今、何をしているのだろう。私は地図を見ながら、不思議な気持ちで歩いた。これは自分が望んだことなのに、知らない誰かに、体を動かされているような気持ちだった。

太陽の熱は、容赦がない。こめかみにだらだらと流れてくる汗を感じながら、私はあえぎあえぎ、歩いた。

瀬田は、雑居ビルのてっぺんにある、と言っていた。

「確か一階がコロッケとかメンチカツとか、揚げ物売ってる店。」

商店街のはずれに、恐らく瀬田の言ったビルがあった。

近づくと、揚げ物の臭いの強烈さに、また吐きそうになった。脱水症状を起こしているのかもしれない。眩暈《めまい》を感じながら、エレベーターのないビルに入っていく。

『1』、『2』、階段を上がるたび、壁に打ち付けられた、プラスチックの古びた数字が目に入る。『4』まであがって、私は息をついた。汗が止まらない。階段に座って、うつむくと、自分の体臭を強く感じた。サンダルから覗《のぞ》く足に、包帯。汚れているが、それはきちんと白い。

絵の具を盗みに来た。

『間島昭史』の、あの白い絵の具を、盗みに来た。

この包帯より、ビルの壁より、私の骨よりきっと白い、あの絵の具。

私は立ち上がり、最上階を目指す。

階段の途中に、数枚のキャンバスが置かれている。彼のではない。油絵の具と、煙草《たばこ》の臭い。彼のではない。

瀬田の言った通り、扉は開かれている。古い鉄の扉だ。

私は躊躇《ちゅうちょ》せず、中に入る。

入ってすぐ左側に、黒い革のソファ。壁には、たくさんの写真とメモ。部屋には数脚のイーゼルの上に、描きかけの絵、煙草が溢《あふ》れかえった灰皿。少しだけ水の残ったペットボトルが数本。窓が開いているが、風は入ってこない。クーラーもなく、扇風機は羽根が一枚しかない。

誰も見えない。でも、気配がする。

奥にもう一部屋ある。キッチンか。その奥にトイレがあるのかもしれない。人の気配は、そこから漂ってくる。

彼のではない。彼のではない。

私は獣のように、そこいら中の臭いをかぐ。絵の具を、彼の絵を探す。

それは、すぐに見つかる。

富士山の絵だ。

部屋の隅に、立てかけられてある。無造作だが、その絵が愛されているのは分かる。

売れたのではなかったか。この絵は、誰かの手に渡ったのではなかったか。

再会できた喜びに、私は震える。

綺麗《きれい》。すごい、すごい！

きゅう、とカーブしている、白い、稜線《りょうせん》、光る、白い。

私は手を伸ばす、それに触れる。

「しろい。」

彼の声が聞こえる。でも、彼はここにいない、分かる。

奥にいるのは、彼ではない。

彼はここにいない。

指についた白い絵の具を見る。それは指紋の形に添うている。私は泣く。声は出せない。見つかるかもしれない。急がなければ。私は目に焼き付けるように、あの絵を見る。見る。見る。

やはりそれは、私の胸の、奥の、奥の、何かをさらってしまう。

涙が止まらない。綺麗。綺麗。綺麗。

そのとき、ざー、と、水の流れる音と、扉の開く音がする。

私は咄嗟《とっさ》に、絵の具を手に取る。汚れた、ホルベインのジンクホワイト。

私は駆け出す。絵の具を握った手が熱い。

どこにそんな力が残っていたのだろう、と、いぶかるほど、私は速く走ることが出来る。速い。速い。

私は階段を二段飛ばしで駆け下り、弾丸のように外に飛び出す。

心臓がドキドキと、五月蠅《うるさ》い。

速い！『笹山』さんに褒めてほしいと思う。橋爪に、褒めてほしいと思う。

思い出して引き返し、揚げ物屋で、私は買えるだけのコロッケを買う。手に収まりきれないほどの、コロッケ。さきほどは吐きそうだったのに、今は空腹で倒れそうだ。

タクシーの運転手は揚げ物の臭いに迷惑そうだが、私は待ちきれず、ひとつを手に取り、むさぼるように食べる。

じゃがいもの味。肉の味。油の臭い。

私は凶暴な気持ちになって、何個も何個も口に詰め込む。

運転手はバックミラー越し、醜いものを見るように、私を睨《にら》む。

私はひるまない。

だって私の膝《ひざ》の上には、彼の白い絵の具があるのだ。彼が触れた、白があるのだ。

私は『間島昭史』を、盗んできたのだ。

高速に入って、やっと勘を取り戻した。

久しぶりの運転に、ずっと緊張していたが、今はぐんぐん速度をあげるスピードメーターを、懐《なつ》かしく思い出す余裕がある。嘘《うそ》のような快晴だ。笑ってしまう。

昔よく、一緒に暮らしていた恋人と、友人の車を借りて出かけた。友人は平日左官職人をしていたから、車内は材料の臭いがつんと鼻についた。恋人はそのシンナーのにおいを嫌ったが、私は、そのにおいが好きだった。

恋人も免許を持っていたが、運転は私のほうが得意だった。時折スピードをあげすぎる私を、恋人がたしなめたことを、思い出す。高級なレストランより、回らない寿《す》司《し》より、ドライブスルーで買うファーストフードは美味《おい》しかった。何かを食べながら、片手で運転を続ける私を、恋人はやっぱり、危ないと言って、たしなめた。彼はどうしているのだろうか。

三年ぶりの運転、しかもレンタカーだ。ひとりで乗るのに、ハイエースを借りた。大きな車を運転したかったのだ。

ハイエースは走行を続ける。次々変わる景色で、自分が前に進んでいることが分かる。ぐんぐん、他の車を追い越す。高速は、すいているが、私はずっと、追い越し車線を走っている。一一〇キロ、一二〇キロ。ハイエースは速い、大きい。

サービスエリアは軒並み飛ばした。トイレに行きたいとも思わないし、お腹《なか》もすいていない。走り出したい気分だ。私は六キロも太ってしまった。

家から持ってきたコーラを飲むと、炭酸が抜けていた。真っ黒、そう独り言を言いながら缶を持った手が、冷たい。

気がついたら、秋になっていた。

空の色が淡くなり、果てが高い。ねっとりと私を包んでいた熱気はどこかへ去り、代わりに、さらさらとした風が、猛スピードで走る車を撫《な》でていく。

薄着で来たことを後悔した。どこかで安いスエットでも買おうと思うが、停まりたくない。前に車の姿は見えないが、クラクションを鳴らしたいほどだ。うずうずしている左手を諫《いさ》める。手についた絵の具を落とすのに、ユシトールを使いすぎたから、手荒れがひどい。ハンドクリームを買おうと思っていたが、それも忘れてしまった。

富士山を見に行こう、と思った。今朝だ。

思い立ったまま、家を出た。久しぶりの日差しは眩《まぶ》しかったが、もう夏ではない、ということは分かった。でも私は、上着を取りに家に戻ることはしなかった。最後の金を持って、レンタカー屋へ向かい、ハイエースを借りた。瀬田に、富士山を見に行こうと思うが、どこがいいか、と、電話をした。

「俺もちゃんと見たことないけど、甲府の天下茶屋はええ、て聞くで。」

画面に天下茶屋、と入力した。たちまち、ルートを教えてくれる。GPSは歴史的な発明だ。どこにだって連れて行ってくれる。信じすぎると痛い目を見る、と誰かが言ったが、少々の痛い目なら、大丈夫だ。私は強い。

電話をしたとき、瀬田は笑っていた。瀬田の笑い声を思い出すと、アクセルを思い切り踏みたくなった。嬉《うれ》しかった。おかしな瀬田。優しい瀬田。

絵の具を盗んだ日から、三ヶ月間、私は部屋から出なかった。

コロッケは、一日でなくなった。私は家中の食べ物を食べた。そして食べ物がなくなると、瀬田に電話をした。お金は、瀬田にカードを渡して、銀行でおろしてもらった。途中から、カードは瀬田に預けたままにした。貯金はどんどん減ったが、ときどき瀬田が、私の絵を誰かに売ってくれた。

瀬田は、私に何も聞かなかった。私も瀬田に、何も話さなかった。でも、瀬田の顔を見ると、私は安心した。何か物事が好転しているとは思えないが、それでも、自分がいる世界は、まだちゃんとそこにあるのだと、思うことが出来た。瀬田が、私と世界を繋《つな》いでくれる、唯一《ゆいいつ》の存在だった。

私はその安心を糧《かて》に、『間島昭史』に没頭した。

彼の臭《にお》い、彼の影、彼の気配。それらすべてを自分のものにして、彼そのものになりたかった。彼は私の光だった。たった数ヶ月しかいなくても、一生消すことのできない、私の光だった。

瀬田から食べ物を受け取るとき、私の手に白い絵の具がついていることがあったが、はっとするのは、私だけだった。瀬田は静かに、食べ物を届けてくれた。律儀《りちぎ》な郵便配達人のようだった。

中央高速に乗るのは初めてだ。

ここまで来たのだから、どこかのパーキングにでも寄るべきでは、と思ったが、結局アクセルを踏むことを、やめられなかった。

一二〇キロ、一二五キロ。

ハイエースはずっと、スピードを出しすぎている、と、警告している。そんなことは、知らない。私は走りたかった。

結局私は、PAの看板をすべて無視した。目指すのは河口湖IC、そこから国道一三九号線に出るのだ。家を出てから、三時間ほどが経《た》っているが、早朝に出たので、空はまだ淡い。それとも、秋の空は、一日中、ずっとこうだったのだろうか。薄いすみれ色をしていて、それで、どこまでもどこまでも透明であるような、そんな空だっただろうか。

たった一年前のことを、私たちは忘れてしまう。

その瞬間は目を伏せたくなるほど鮮明なのに、日を重ねると、ぼんやりと、遠い。

私は秋の空を、どんな思いで眺めていたのだったか。

国道に降りると、車はさらにまばらになった。それで初めて、今日が平日だということを知った。

こんな快晴なら、きっと綺麗《きれい》に見える、と、瀬田は電話で言った。そして、思い出したように、こう言った。

「夏目の好きな山の絵、まじま、すぐに買主から取り戻したらしいで。」

私は鮮明に、アトリエの光景を思い出した。

暑かった、とても。一枚の羽根の扇風機が、間抜けな音を立てて回っていた。消したばかりの煙草の臭いが、部屋中に漂っていた。汗をかいたペットボトルが、無残に床に打ち捨てられていた。人の気配がしたが、あれは絶対に、『間島昭史』ではなかった。

壁にかかっていなくても、あの絵は、綺麗だった。綺麗だった。

あらゆる風景から離れた場所で、それは厳然としてあった。私のものにならなくても、あの絵ははっきりと、私の胸中にあった。

それを揺るがないものにするために、私は富士を見に行くのだ。

『間島昭史』は、あの絵を、どんな思いで取り戻したのだろうか。

「夏目さん僕の絵に触りましたよね。白いのが指について、あのとき僕は、僕の絵が夏目さんに移ったような気がして、とても嬉しかったんです。」

彼のにおい、皮膚、指。泣いた彼の声。

彼は、圧倒的だった。今もそうだ。彼は私を根底から、さらってしまう。あの絵のように。私はまだ、はっきりと「渦中《かちゅう》」にいる。

アクセルを踏む。それは驚くほど、軽い。

目的地周辺です、というアナウンスが流れたのは、トンネルに入る直前だった。一〇〇メートルほどのトンネルは、窓を開けなくても涼しいのが分かる。ライトをつける必要はない。道の先に、明るい光が見えているからだ。アクセルを踏む足をゆるめると、車はヴイーン、と、低い音を響かせた。

トンネルを抜けると、さあっと光が飛び込んできた。眩しくて瞬間目を閉じたが、閉じる前に、視界をよぎったものを、私は捉《とら》えた。

大声を出した。

道を越えた向こう、見下ろした平板な景色の先に、富士山があった。

私の視界すべてが、それに満たされた。

私はやっと、車を停めた。ほとんど急ブレーキだった。ききき、と叫ぶような音を立てて車が停まったとき、私は自分の手が震えていることに気付いた。

目の前に、「天下茶屋」と書かれたのぼりがたてられた、立派な茶屋がある。ここが、瀬田の言っていたところだ。セダンが一台停まっているが、人はいない。

振動が止《や》むと、車内は、怖くなるくらいの静寂に包まれた。私はひとりで、たったひとりでここまで来たのだ、と、急に、切実に、思った。

シートベルトを外すのももどかしく、扉を開けた。さあっと、風が吹く。とても、冷たい。私は自分の体を抱きかかえるようにして、外に出た。その頃にはもう、泣いていた。この数ヶ月、思えば私は、泣き通しだった。

雪はない。茶色い富士山は、悠々としていた。悠々と、不遜《ふそん》だった。

立派、あまりに立派だから、私は泣きながら笑った。裾野《すその》が広い。広すぎるほどだ。それは『間島昭史』の絵と、似ても似つかなかった。私はどうして、彼の絵を、富士山だと思ったのだろうか。あれは富士山のような立派な山ではなく、どこにでもあるような、名もない、ささやかな山だったのではないだろうか。

「あああああ。」

声に出した。初めは、茶屋の人に聞かれないほどの声だった。

「あああああ。」

でも、途中から、それもどうでもよくなった。結局私は、出せる限りの大声を出した。

ああああああああああああああああ
あああああああああああああああ
私は、私の体を捕まえた。強く。

強く握った手に、昨晩の絵の具がついている。

夜中に、絵の具を体中に塗りたくった。ホルベインのジンクホワイト。つんと匂《にお》いがした。裸になった私の体は、おっぱいが重力に寄り添い、お腹には二重線が出来ていた。私の歴史。失恋ばかりの私の体、決して自慢することは出来ないが、それでも三十二年、私と共に生きてきた。その体に、『間島昭史』が触れたのだ。奇跡だ。

彼が触れた、自分の体を、私は絵の具で真っ白にした。

そして、強く、壁に激突した。どーん！　苦情が来てもよかった。この格好で対応したら、間違いなく頭のおかしい人として、通報されるだろう。そう思うと、面白かった。

どーん！

白い壁に、私の体が浮かぶ。白い人形《ひとがた》。失恋ばかりの、私の体。私はひとりで笑った。賃貸マンションの壁だが、どうでもいい。暗闇《くらやみ》の中、それは白く、発光していた。私の影。私のからだ。

「まじまさん。」

私は彼を、ひとつの作品のように見ていたのではないか。彼は、私の触れられない部分に触れた。私の何かをさらっていった。だからと言って、彼を額に入れることは、なかったのではないか。

私たちの恋は、富士山のような立派なものではなく、誰にも振り返られることのない、ちっぽけな、ただの恋だったのだ。そして、彼の妹の恋も、瀬田の、塚本美登里の恋も、それは、誰かが誰かを好きになる、ただの恋だったのだ。

私は彼のことが、本当に、好きだった。

私は心から、心から、間島昭史のことが、好きだった。

彼が与えてくれた自由を、私は絶対に忘れない。絵を描こう。絵を、もっともっと描こう。

「あああああああああ！」

涙を流しながら、大声を出している私を、富士山は、悠々とした顔で、置いてきぼりにしている。横隔膜が痙攣《けいれん》し、胃がぎゅう、と音を立てた。私は、生きている。

ポケットを探った。

いぶかしげな顔で、茶屋の人がこちらを見ていたが、私が静かになると、また、奥に引っ込んだ。優しそうな男の人だった。

私はチューブを手に取った。残り少ないそれを、渾身《こんしん》の力をこめて、指に搾《しぼ》り出す。

報われなくてもいいから、と、思った。

瀬田の想《おも》いが、塚本美登里の想いが、間島昭史の、私の想いが、どうか救われますように。その先に、光がありますように。願った。願った。

絵の具のついた指で、富士山をなぞる。

それはしっかりとそこに、徴《しるし》を残した。彼の絵の具、彼の白。わたしの白い徴。

それは発光する。いつまでも。

解説

栗田有起

先日のこと、友人のひとりが結婚し、彼女を祝うため、べつの友人とパーティーへ出かけた。

三人のなかで彼女は最後の独身だった。

ウェディングドレスの彼女はとても美しくて、友人と私は彼女のもとへ駆けつけ、その姿を褒めたたえた。

よかったね、ほんとうによかった。

私たちはみんな泣きながら、その結婚を喜んだ。以前に彼女が長くつらい恋をしていたのを、思いだしたからだった。

友人は彼女にむかってこういった。

「これで私たち、男修行が終わったね！」

その言葉に、私たちの涙はさらにしぼられることになった。

つらい恋をしていたのは、じつは彼女だけではなかった。すでに夫のいる友人も、娘を育てている私も、つまり三人とも、それぞれに苦しい経験をしているのだった。

四十代になるかならないかで生涯の伴侶《はんりょ》を得た私たち。はからずも男修行に長い時間を割いてしまったのである。

女にとって結婚は人生のゴールなどではないと思うが、男修行においては（一時かもしれなくても）ゴールである気がする。そう思いたい。

ここでいう男修行とは、女が男との色恋によって心身ともにもまれ、磨かれていく過程をいう。非常にめんどうくさく、だがこの世にこの体を持って生まれた以上、避けるのはむずかしい。

独身でいると、恋愛の機会は自然とおおくなる。いくつも恋をするということは、いくつも恋を失うということでもある。修行の最大のつらさはここにある。

この小説の主人公の夏目も、まさに男修行の真っ最中といえるだろう。

三十二歳、独身、売れない絵を描いて暮らす女。

失恋をくりかえし、ふたたび男にのめりこむことを心底恐れながらも、夏目はまたもや恋に落ちる。よりによって、好きになってはいけない相手を。

三年前にはじめてこの小説に出会ったとき、夏目の恋心の激しさに、まだ生々しい過去の恋の傷が刺激されて、読むのがしんどかった。

それでも、どんなに痛くても、読むのを止められなかった。夏目が、いけないいけないと自分を制しようにもあえなく「まじま」という男に惹《ひ》かれていくように、全身全霊で恋をする彼女に、夢中にならずにいられなかったのだ。

ひさしぶりに再会する夏目は、あいかわらずまっすぐで、魅力的だった。

恋の痛手が過去のものとなった人間にとっても、彼女の発散する強烈なエネルギーにあてられて、たちまち体が熱くなるのだった。

はじめて見る「まじま」の絵に心をさらわれてしまった夏目。

彼の描く、白一色で描かれた「富士山」は強い光を放ち、そして彼女の「体の底、自分では触れられない部分を、音を立ててすくっていった」。

絵を描くことが生きることの本筋にあるような彼女には、それはやはり「運命」と呼ぶにふさわしい出会いだろう。

「私は彼に会って、自由になった」

「絵を描きたい。その素朴な欲求、行為、それだけを私は信じたい」そういいきる彼女は、誰かにのめりこむ恐怖におびえたままで生きるには、もともとそなわっている生命力が豊かすぎた。身の危険に敏感なのは、生きのころうとする本能が強いからなのだ。まるで野生動物のように。

彼のすべてを知りたくて、触れたくてたまらなくて、でも同時に、深入りするのをひどく恐れもする。それほどに「底の見えない」、強烈な「まじま」という存在。

失恋するたびにずたぼろに傷ついてきた彼女が、彼とかかわってこれまでにないほどのダメージを受けるであろうことは明らか、本人もわかっているはずなのに、それでも彼と体を合わせることを選ぶ彼女は、愚かなのではない。

どこまでも嘘《うそ》のつけない、清らかな動物みたいな彼女、あるいは彼女の体にとって、彼と交わるのは必然だった。

この世には、恋することによってしか得られない情動、感動がある。あとでこうむるにちがいない失恋の痛みがどれだけきつかろうとも、彼と「まみれ」るべき。

そのことを、本能たくましい彼女は全身で覚えていたのではないだろうか。

女の体は、失恋を失敗としない。恋から逃れようとする意気地のなさが、最大の敗北なのだろう。

幸か不幸か、女はそういう体に生まれついている。子宮という、他人を受けいれるための空洞は、満たされるべく存在する。男は、自分で触れられない女のその場所をぴったり埋めるべく、生まれついている。

夏目の周辺にも、男修行なかばで苦悩する女たちがいる。ときには神経を病み、生きることそのものが危うくなるものもいる。

男の性が外へ放たれるのにたいし、女の性は身の内に巣くう。たやすく逃げられはしない。体ごとでぶつかるしかないのだから、女の恋はいきおい、命がけになってしまう。

一方で、男にとって女修行というのは、あんまりピンとこない。どちらかというと男は、ひととの交わりよりも、孤独においてみずからを磨いていくものなのかもしれない。

夏目から見る「まじま」は、静かな諦観《ていかん》に包まれた人物だという。「自分」という個人の存在や感情を、無意識に消しているのだと。

彼の領域は、それいがいのものと厳然と区別されている。夏目のように、絵を描くのも恋をするのも、すべて境界なく生きることに溶けあっている人間とは、まるで異なる。

「まじま」の使う、白い絵の具。

ここでの白は、けっして他と混じりあわない、絶対の色である。そのものだけであろうとする純度の高さはいきおい、光となる。その白が「発光」するとき、みずからをすら超えようとするのではないだろうか。あまりの強さゆえに。

そうした絵を描かずにはいられない彼は、「生きることから」どこか遠く、「世界中の色を集めたみたい」な絵を描く夏目とがっぷり交わるのは、やはり不可能に近いのかもしれない。

「まじま」という男、あるいは彼の描く絵があらわすなにものかは、知れば知るほど、夏目には異質で、しかしだからこそ、彼女が彼を選んだ理由なのではないだろうか。

彼のすべてを受けとめるのは無理だと思い知らされても、触れられたのが彼の「一端」にすぎなくても、彼女が得たものは、はかりしれなかった。

それが証拠に、彼と「まみれ」た彼女の変容ぶりといったら、圧巻の一言に尽きる。

以前の彼女は、自分が絵を描くのは、ただ描きたい、それだけなのであって、それを見て何かを分かってもらいたいというようなものではない、そう思っていた。そうした思いを表現する「言葉」も自分は持っていない、と。

彼と、彼の描く絵に出会った彼女は、衝撃を受けた自分を瞬時に認め、飲みこもうと七転八倒をくりひろげた。みずからの根幹を揺さぶられるような経験をしたとき、向きあう勇気や気力に乏しいがために、そこから目をそらす選択もあったはずだ。いろんなことに忙しい大人には珍しくない、一種の処世術である。

けれど彼女の本能からくる正直さは、そんな怠惰を許さなかった。

苦しみ、たたかい、無我夢中で咀嚼《そしゃく》するうちに、彼女はみずからの「言葉」を持つにいたる。

自分が求めたもの、得られなかったもの、この経験で何を学んだのか。

彼女にしかつかえない本物の「言葉」でそれらを明らかにしていく過程は、彼女が彼女そのものになってゆく過程でもある。

その美しさ。すがすがしさ。

「まじま」の絵がつき動かした、夏目の奥底にある「清潔な、生きたいという欲望」はついに、たんなる恋の熱情を超えて、まさしく彼女を生かす力そのものとなったのだった。

そうできたのは、彼女に「失恋の歴史」があったからではないだろうか。十代、二十代、そのときどきで全力で恋をして、傷ついてきたからこそ、たどりつけた境地にちがいないと思う。やっぱり、彼女にとって失恋は失敗などではなかったのである。

彼によって引火されたその力は、おそらく彼女の深いところで、絶えることのない命の火種となるのだろう。そして彼女の空洞を温めつづけるのだろう。

おめでとう、夏目。よかったね、ほんとうによかった。


女が男修行に励むのはきっと、生きのびるためである。苦しみながらも、自分が何者であるかを理解し、それを糧《かて》として自分自身を生きるためである。

ということはもしかしたら、生涯の伴侶を得たからといって、修行に終わりは来ないということだろうか？

あぁ。


男修行が一生つづくのは、吉報ではないかもしれない。しかしそれはけっして不幸なことではないと思う。

夏目の凜々《りり》しい姿を目の当《ま》たりにしたら、こわいものなんてないではないか。最後の最後まで、だれも恨まず、妬《ねた》まず、いたずらに卑下もせず、それこそ真っ白な心根で、恋した男と、自分自身にぶつかっていった彼女に、心からの拍手を送りたい。


（平成二十五年五月、作家）

この作品は平成二十二年十二月新潮社より刊行された。

桜木紫乃著
硝子の葦
夫が自動車事故で意識不明の重体。看病する妻の日常に亀裂が入り、闇が流れ出した――。驚愕の結末、深い余韻。傑作長編ミステリー。

中村文則著
土の中の子供
芥川賞受賞
親から捨てられ、殴る蹴るの暴行を受け続けた少年。彼の脳裏には土に埋められた記憶が焼き付いていた。新世代の芥川賞受賞作！

中村文則著
遮光
野間文芸新人賞受賞
黒ビニールに包まれた謎の瓶。私は「恋人」と片時も離れたくはなかった。純愛か、狂気か？　芥川賞・大江賞受賞作家の衝撃の物語。

中村文則著
悪意の手記
いつまでもこの腕に絡みつく人を殺した感触。人はなぜ人を殺してはいけないのか。若き芥川賞・大江賞受賞作家が挑む衝撃の問題作。

本谷有希子著
生きてるだけで、愛。
25歳の寧子は鬱で無職。だが突如現れた同棲相手の元恋人に強引に自立を迫られ……。怒濤の展開で、新世代の〝愛〟を描く物語。

本谷有希子著
ぬるい毒
野間文芸新人賞受賞
魅力に溢れ、嘘つきで、人を侮辱することを何よりも愉しむ男。彼に絡めとられたある少女の、アイデンティティを賭けた闘い。

いしいしんじ著

ぶらんこ乗り

ぶらんこが得意な、声を失った男の子。動物と話ができる、作り話の天才。もういない、私の弟。古びたノートに残された真実の物語。

いしいしんじ著

麦ふみクーツェ

坪田譲治文学賞受賞

音楽にとりつかれた祖父と素数にとりつかれた父。少年の人生のでたらめな悲喜劇を貫く圧倒的祝福の音楽、そして麦ふみの音。

いしいしんじ著

トリツカレ男

いろんなものに、どうしようもなくとりつかれてしまうジュゼッペが、無口な少女に恋をした。ピュアでまぶしいラブストーリー。

江國香織著

つめたいよるに

愛犬の死の翌日、一人の少年と巡り合った女の子の不思議な一日を描く「デューク」、デビュー作「桃子」など、21編を収録した短編集。

江國香織著

流しのしたの骨

夜の散歩が習慣の19歳の私と、タイプの違う二人の姉、小さな弟、家族想いの両親。少し奇妙な家族の半年を描く、静かで心地よい物語。

江國香織著

神様のボート

消えたパパを待って、あたしとママはずっと旅がらす…。恋愛の静かな狂気に囚われた母と、その傍らで成長していく娘の遥かな物語。

江國香織著
号泣する準備はできていた
直木賞受賞

孤独を真正面から引き受け、女たちは少しでも前進しようと静かに歩き続ける。いつか号泣するとわかっていても。直木賞受賞短篇集。

江國香織著
雨はコーラがのめない

雨と私は、よく一緒に音楽を聴いて、二人だけのみちたりた時間を過ごす。愛犬と音楽に彩られた人気作家の日常を綴るエッセイ集。

江國香織著
がらくた
島清恋愛文学賞受賞

海外のリゾートで出会った45歳の柊子と15歳の美しい少女・美海。再会した東京で、夫を交え複雑に絡み合う人間関係を描く恋愛小説。

川上弘美著
おめでとう

忘れないでいよう。今のことを。今までのことを。これからのことを——ぽっかり明るくしんしん切ない、よるべない十二の恋の物語。

川上弘美著
パスタマシーンの幽霊

恋する女の準備は様々。丈夫な奥歯に、煎餅の空き箱、不実な男の誘いに喜ばぬ強い心。女たちを振り回す恋の不思議を慈しむ22篇。

吉本ばなな著
キッチン
海燕新人文学賞受賞

淋しさと優しさの交錯の中で、世界が不思議な調和にみちている——〈世界の吉本ばなな〉のすべてはここから始まった。定本決定版！

よしもとばなな著
ハゴロモ
失恋の痛みと都会の疲れを癒すべく、故郷に舞い戻ったほたる。懐かしくもいとしい人々のやさしさに包まれる——静かな回復の物語。

よしもとばなな著
なんくるない
どうにかなるさ、大丈夫。沖縄という場所が、人が、言葉が、声ならぬ声をかけてくる——。何かに感謝したくなる四つの滋味深い物語。

よしもとばなな著
みずうみ
深い傷を心に抱えた中島くんと、ママを亡くした私に、湖畔の一軒家は静かに呼びかける。損なわれた魂の再生を描く奇跡の物語。

よしもとばなな著
王国
―その1 アンドロメダ・ハイツ―
愛と尊敬の上に築かれる新しい我が家。大きな愛情の輪に守られた、特別な力を受け継ぐ女の子の物語。ライフワーク長編第1部！

三浦しをん著
天国旅行
すべてを捨てて行き着く果てに、救いはあるのだろうか。生と死の狭間から浮き上がる愛と人生の真実。心に光が差し込む傑作短編集。

三浦しをん著
ふむふむ
―おしえて、お仕事！―
特殊技能を活かして働く女性16人に直撃取材。聞く力×妄想力×物欲×ツッコミ×愛が生んでしまった(!?)、ゆかいなお仕事人生探訪記。

新潮文庫最新刊

新潮文庫最新刊

松原始著
カラスは飼えるか
頭の良さで知られながら、嫌われたりもするカラス。この身近な野鳥を愛してやまない研究者がカラスのかわいさ面白さを熱く語る。

五条紀夫著
クローズド
サスペンスヘブン
俺は、殺された——なのに、ここはどこだ？ 天国屋敷に辿りついた6人の殺人被害者たち。「全員もう死んでる」特殊設定ミステリ爆誕。

A・ハンセン
M・ヴェンブラード
久山葉子訳
脱スマホ脳
かんたんマニュアル
集中力がない、時間の使い方が下手、なんだか寝不足。スマホと脳の関係を知ればきっと悩みは解決！ 大ベストセラーのジュニア版。

奥泉光著
死神の棋譜
将棋ペンクラブ大賞
文芸部門優秀賞受賞
名人戦の最中、将棋会館に詰将棋の矢文を持ち込んだ男が消息を絶った。ライターの〈私〉は行方を追うが。究極の将棋ミステリ！

逢坂剛著
鏡影劇場（上・下）
この〈大迷宮〉には巧みな謎が多すぎる！ 不思議な古文書、秘密めいた人間たち。虚実入れ子のミステリーは、脱出不能の〈結末〉へ。

白井智之著
名探偵のはらわた
史上最強の名探偵VS.史上最凶の殺人鬼。昭和史に残る極悪犯罪者たちが地獄から甦る。特殊設定・多重解決ミステリの鬼才による傑作。

白《しろ》いしるし

新潮文庫　に－24－2

平成二十五年七月一日発行
令和五年五月三十日二十刷

著者　西《にし》加《か》奈《な》子《こ》
発行者　佐藤隆信
発行所　株式会社　新潮社
郵便番号　一六二―八七一一
東京都新宿区矢来町七一
電話　編集部（〇三）三二六六―五四四〇
　　　読者係（〇三）三二六六―五一一一
https://www.shinchosha.co.jp

価格はカバーに表示してあります。

乱丁・落丁本は、ご面倒ですが小社読者係宛ご送付ください。送料小社負担にてお取替えいたします。

印刷・大日本印刷株式会社　製本・加藤製本株式会社

ISBN978-4-10-134957-2 C0193